べ

弥生《やよい》（三月）も半《なか》ばに差しかかり、品川宿《しながわしゅく》は連日花見客や汐干狩《しおひがり》客で大賑《おおにぎ》わいである。

またこの時期は参勤交代《さんきんこうたい》と重なることもあり、ここ立場《たてば》茶屋《ぢゃや》おりきでも茶屋は行楽《こうらく》客《きゃく》で怱忙《そうぼう》を極《きわ》め、一方旅籠《はたご》はといえば、諸藩の先触《さきぶれ》との打ち合わせや、部屋割りなどで応接に暇《いとま》がないほどの忙しさであった。

大名や伴侍《ともざむらい》の中でも位《くらい》の高い者は本陣《ほんじん》や脇本陣《わきほんじん》に投泊《とうはく》したが、組下武士《くみしたぶし》や徒《かち》、足軽《あしがる》などは白旅籠《しらはたご》に振り分けられ、従って、諸藩の先触は他藩と重ならないように細心《さいしん》の注意を払わなければならない。

この日も、危《あや》うく備前《びぜん》岡山藩と但馬出石藩《たじまいずしはん》が重なりかけたが、結句、出石藩の品川入りを一日延ばしてもらうことになり、事なきを得たのである。

たった今本陣から戻ってきた達吉《たつきち》は、おりきの淹《い》れた茶を一服すると、安堵《あんど》したように肩息《かたいき》を吐《つ》いた。

「やれ、なんとか折り合いがついてほっとしやしたぜ……。品川宿を素通りしてその品川で旅の疲れを取って江戸に入《へえ》ればいいようなものの、どこの藩も長旅で疲弊《ひへい》しきってるもんだから、品川で旅の疲れを取って江戸に入《へえ》りてェと思うのはやまやまでよ……」

「けど、どうして出石藩の先触は岡山藩に譲《ゆず》っちまったんでやすか？」

番頭見習として、達吉と一緒に初めて本陣に出かけた潤三《じゅんぞう》が、何やらすっきりしないといった顔をする。

「そりゃ、岡山藩と出石藩では、同じ外様《とざま》といっても格が違うからよ。岡山藩三十一万石に対して出石藩は五万石ときて、出石藩が譲るのが当然なのよ。が、譲るのは宿だけじゃねえぜ……。大名行列がすれ違う際には、武家の作法に則《のっと》り対処しなくちゃなんねえからよ」

潤三には意味が理解できないとみえ、とほんとした顔をした。

「つまりよ、相手の身分が上位か下位かによって、すれ違い方が異なるのよ。相手が自分より格下だとそのまま通過し、やや上の場合は、藩主が駕籠《かご》から片脚《かたあし》を出してちょいと土を踏んだ恰好《かっこう》をして行き違うが、相手が格段上となると行列を停《と》め、藩主が駕籠から下りて辞儀をするのよ」

「じゃ、同格の場合は？」

「その場合は、往来を半分ずつ譲り、藩主が互いに駕籠の扉《とびら》を開いて挨拶《あいさつ》をし、行き違うのよ」

「けど、どうやって、上位か下位かを見分けるんでやすか？　大名行列で名札を立てているのを見たことがありやせんからね」

「そりゃおめえ、先頭の槍印《やりじるし》や挟箱《はさみばこ》に描《か》かれた家紋を見て判断するのさ。判断を誤《あやま》るとえれェことになるからよ。よって、供頭《ともがしら》や露払《つゆはら》いは神経を尖《とが》らせてなきゃなんねえ……。お武家なんてものは、そうやって堅苦しい作法や仕来《しきた》りに縛《しば》られなきゃなんねえからよ。俺《おり》ャ、つくづく市井《しせい》に生まれてよかったと思うぜ」

達吉が仕こなし振りに言う。

「では、うちは従来《じゅうらい》通り、馬廻《うままわ》り組を十五名お引き受けするのですね？」

おりきが割って入る。

「へっ、明日が伊勢《いせ》の桑名藩《くわなはん》、明後日が筑前秋月藩《ちくぜんあきづきはん》、少し間が空《あ》いて、六日後が岡山藩でやす」

「では、秋月藩の後に常連客をお泊《と》めすることになりますが、部屋割りは出来ているのでしょうね？」

おりきが訊《たず》ねると、達吉と潤三が顔を見合わせ、くくっと含み笑いをする。

「何か……」

「あっ、済みやせん。へっ、部屋割りは抜かりなく出来てやす。いえね、あっしと潤三が顔を見合わせたのは、女将《おかみ》さんを驚かそうと思い内緒にしていたことがありやしてね……。いけねえや、つるりと口を衝《つ》いて出そうになったじゃねえか！　ええい、いいいい、てんぽの皮！　喋《しゃべ》りたくてうずうずしているのを圧《お》し留《とど》めるなんてこたァ出来ねえや……。女将さん、三日後、一体誰《いってえ》が来ると思いやす？」

達吉が悪戯《いたずら》っぽい目をして、おりきを瞠《みつ》める。

「誰って……」

「女将さんが逢《あ》いたくて心待ちにしている……。ほれ、誰だか当ててみて下せえよ！」

「…………」

おりきの胸がきやりと揺《ゆ》れた。

逢いたくて心待ちにしている男《ひと》とは三吉《さんきち》をおいて他にないが、三吉は加賀《かが》山竹米《やまちくべい》の御母堂《ごぼどう》の体調が思わしくなく京を離れることが出来ないと聞いているので、まさか、三吉のはずがない。

「まさか、三吉というわけではありませんよね？」

おりきが心許《こころもと》なさそうに達吉を窺《うかが》う。

達吉はにっと目許《めもと》を弛《ゆる》め、頷《うなず》いた。

「その、まさかでやすよ！」

えっと、おりきが目を瞬《しばたた》く。

「大番頭さん、今、なんと……」

「だから、三吉が帰《けえ》って来るんでやすよ！　いや、帰《けえ》って来るという言い方は違ってるかな？　そう、訪ねて来るんでやすよ」

「まあ……」

おりきが絶句する。

あまりもの驚きと嬉《うれ》しさで、言葉が出て来ない。

この前三吉に逢ったのは、善助《ぜんすけ》が亡くなる前だったので、一年と四月《よつき》ぶり……。

善助が亡くなったことはすぐさま文で京に知らせたのだが、今や三吉は加賀山竹米の内弟子とあり師匠の許可なく墓詣《はかまい》りに戻るわけにはいかず、未《いま》だ、善助の墓前で手を合わせていないのである。

が、それには理由《わけ》があり、京の染物問屋吉野《よしの》屋幸右衛門《こうえもん》の話では、京で小間物屋を営《いとな》む竹米の母親が心《しん》の臓《ぞう》を病《や》んでいるとかで、三吉は京を離れることが出来ないという。

それで、おりきも善助の墓は逃げるわけではなく、現在《いま》無理して詣らずとも、三吉のことだから毎日胸の内で手を合わせているだろうと自《みずか》らに言い聞かせ、逢いたい気持に折り合いをつけてきたのだった。

では、竹米の御母堂の容態《ようだい》が快方に向かったのであろうか……。

達吉は胸の間《あわい》から、封書を取り出した。

「すぐにでも女将さんにお見せしなければならなかったのでやすが、宛名《あてな》が立場茶屋おりきとなっていやしたんで、あっしが開けてみやした……」

達吉が恐縮したように、上目《うわめ》におりきを窺う。

文は吉野屋幸右衛門からであった。

ところが、内容はいたって簡単な宿泊予約で、三月十九日、二名で宿泊するので一部屋空《あ》けておいてほしいとあり、追伸として、同行するのは加賀山三米《さんべい》であるが、女将を驚かせたいので当日まで伏せておくようにとあった。

「まあ、吉野屋さまもお人の悪い……」

おりきが文を胸に当て、ぽつりと呟《つぶや》く。

つっと熱いものが胸に衝き上げ、瞬《また》く間に、眼窩《がんか》までもを熱くした。

恐らく、三吉を同行させたのは、幸右衛門の粋《いき》な計《はか》らいとみえる。

竹米が一緒でないということは、此度《こたび》は各地の文人墨客《ぶんじんぼっかく》を訪ねての揮毫《きごう》の旅ではなく、目的地はこの品川宿、善助の墓参りなのに違いない。

「済みやせん……。吉野屋さまの文には三吉を同行することは伏せておくようにとありやしたが、あっしは喋りたくて、喋りたくて……。へへっ、喋ってしまったら、すっきりとしやした」

達吉が気を兼ねたように言う。

おりきはそっと指先で目頭《めがしら》を拭《ぬぐ》った。

「話してくれて、有難《ありがと》うよ。知らされないままいきなり玄関先で三吉と対面したのでは、驚きのあまり、腰を抜かしかねませんからね。それでは、心の臓によくありませんもの……」

「けど、吉野屋さまにはあっしが女将さんに暴露《ばら》したことは秘密にして下せえよ。でないと、口の軽い猪牙助《ちょきすけ》と嗤《わら》われちまう……」

「安心なさい。これでもわたくしは芝居が上手《うま》いのですよ。吉野屋さまの前ではさも驚いたといった顔をしてみせましょうぞ……。そう言えば、確か、潤三は三吉に逢うのは初めてでしたよね？」

おりきがそう言うと、潤三は、へえ、と頷いた。

「けど、大番頭さんからいろいろと聞かされてるんで、なんだか一度も逢ったことがねえとは思えなくて……。おきちさんの双子《ふたご》の兄さんなんですよね？　じゃ、面差《おもざ》しもおきちさんに似てるんでしょうね。だとしたら、凜々《りり》しい若者……。そのうえ、絵師の才があるとは羨《うらや》ましい限りです」

「ああ、確かに、三吉は賢《さと》くて凜々しい。絵師としても将来を嘱望《しょくぼう》されているからよ。だが、おめえにも話したと思うが、あいつは不幸な来《こ》し方をしてきてよ……。そのために、耳が聞こえなくなっちまった。が、幸い、十歳までは聞こえていたもんだから、現在《いま》は相手の口の動きと文字で言うことを理解し、常並《つねなみ》に会話が出来る……。それでよ、おめえに言っとかなきゃなんねえんだが、三吉と話すときには、真っ直《す》ぐあいつの目を見て、口を大きく開けてはっきりと話すんだ」

「解《わか》りました」

「では、早速《さっそく》、おきちにも伝えてやりませんとね！」

おりきが弾《はず》んだ声で言う。

「おきちも驚くだろうが、三吉もおきちが一人前《めえ》に女将修業をしている姿を見れば、さぞや、驚くだろうて……」

達吉が感極《かんきわ》まったような顔をして、おりきに目を据《す》える。

「そうだわ！　巳之吉《みのきち》にもその旨《むね》を伝えておきませんとね」

おりきが板場に知らせようと、腰を上げかける。

達吉が慌ててそれを制した。

「済みやせん。巳之吉にはもう知らせてありやして……」

えっと、おりきが呆然《ぼうぜん》とする。

すると、知らされていなかったのは、自分とおきちだけ……。

「というのも、巳之吉には献立の都合がありやすからね。前日、前々日と参勤侍《さんきんざむらい》の本膳《ほんぜん》が続き、その直後でやすからね。しかも、通子《つうし》の吉野屋さまが客となれば、巳之吉に知らせねえわけにはいきやせんでしょう?」

達吉は気を兼ねたように弁解した。

言われてみれば、そのとおり……。

客は巳之吉の料理を目当てに来るというのに、肝心《かんじん》の巳之吉に客の顔が見えないのでは話にならない。

達吉はおりきに内緒にしろという幸右衛門とおりきの間に立ち、さぞや、迷いに迷ったのに違いない。

おりきは達吉の胸の内を垣間《かいま》見たように思い、くくっと肩を揺らした。

「おっ、今そこでおまきに出逢ったが、あいつ、押し込み泥棒《どろぼう》みてェな恰好をして、風呂敷包《ふろしきづつ》みを背負《せお》っていたが、一体《いってえ》どこに行ったんでェ……」

亀蔵《かめぞう》親分が帳場の障子《しょうじ》を開け、訝《いぶか》しそうな顔をした。

「おいでなさいませ。さっ、中にどうぞ……」

おりきがふわりとした笑《え》みを返し、亀蔵に長火鉢《ながひばち》の傍《そば》に坐《すわ》るようにと目で促《うなが》す。

亀蔵は長火鉢の傍まで寄って来ると、バツの悪そうな顔をして胡座《あぐら》をかいた。

恐らく、訪《おとな》いも入れずにいきなり入って来たことを照れているのであろう。

おりきがふふっと肩を竦《すく》め、茶の仕度《したく》をしながら亀蔵の問いに答える。

「恐らく、おまきは下高輪台《しもたかなわだい》に行ったのだと思いますよ」

「おっ、春次《はるじ》とかいう位牌師《いはいし》のところか？　けどよ、今時分から出掛けたんじゃ、夕餉《ゆうげ》の書き入れ時までに帰《けえ》って来られねえだろう？　いいのかよ、見世《みせ》は……」

「さっ、お茶をどうぞ。そうなんですよ。最初《はじめ》は店衆《たなし》の中食時《ちゅうじきどき》に子供たちがどうしているのか仕舞《しも》た屋を覗《のぞ》いて来ると言っていたのですが、何しろ、門前町《もんぜんちょう》から下高輪台まで行くとなると、猟師町《りょうしまち》の裏店《うらだな》を覗いて来るようなわけにはいきませんからね……。

往復するだけでもゆうに一刻《いっとき》（二時間）は取られてしまいますし、行《ゆ》きのすぐに帰って来るようでは、何をしに行ったのか分かりません。それで、おまきには五日に一度の割りで、昼餉《ひるげ》の書き入れ時を済ませてから暇《ひま》を取らせることにしたのですよ」

亀蔵が納得したように、にたりと笑う。

「それで、大風呂敷を担《かつ》いでたんだな」

「子供たちの繕《つくろ》い物や洗濯物《せんたくもの》、それに、せめて自分が行ったときくらいは滋養のある美味《おい》しいものを食べさせたいと言って、食材を詰めて運んでいるみたいですよ」

「それで、子供たちとは甘《うま》くいってんのかよ。この前も思ったが、下の男の子たちは素直ないい子だが、上の娘が一筋縄《ひとすじなわ》じゃいかねえ手強《てごえ》ェ娘でよ。気性が激しいというのともまた違って、陳《ひね》びてやがるからよ！　おまきもあの娘には手こずるんじゃなかろうかと案じていたんだが……」

亀蔵が探《さぐ》るような目で、ちらとおりきを窺う。

「おまきが下高輪台の仕舞た屋を訪ねるのは、今日で三回目なのですけどね。といっても、最初《はじめ》は仲人嬶《なこうどかか》のおつやさんと一緒で、そのときは挨拶をしただけなのですが、おまきが一人で訪ねた前回は、まるで、お端女《はした》さながら……。ひたすら部屋の掃除や洗濯とおさんどんに追われ、春次さんとも子供たちとも、会話らしい会話をしなかったようですよ。ただ、夕餉を作って食べさせようとしたら、幸助《こうすけ》って子がおばちゃんも一緒に食べようよと言ってくれたそうで……」

「へえェ、それで、おまきは一緒に飯を食ったのか」

「春次さんも是非《ぜひ》そうするようにと言われたとかで、おまきは夕餉を共にし、片づけを済ませて戻ってきたそうです」

「なんでェ、じゃ、甘くいってるんだ……」

「ええ……。けれども、お京《きよう》ちゃんという娘《こ》がね……」

「お京がどうしたって?」

「おまきが下高輪台に行って帰るまでの間、ひと言も口を利《き》かなかったそうですの。おまきが話しかけても答えようとしないばかりか、不貞腐《ふてくさ》れたような顔をして、完全に無視したみたいでしてね。おまきにはそれが結構報《こた》えたようで……。けれども、おまきって打たれ強いところがありますでしょう? いつかきっと、お京ちゃんが心を開いてくれるに違いない、自分はそれまで辛抱強《しんぼうづよ》く待つのだと言っていましたわ。幼い頃から、おまきも頑是《がんぜ》ない弟や妹の世話をしてきましたからね。それで、お京ちゃんが肩肘《かたひじ》を張っているのが解るのだと思います。親分もお聞きになったでしょうが、おまき、言っていましたでしょう? 逃げ出したい、ほんの一瞬でいいから、ほかの子供たちのように無邪気《むじゃき》な心に戻ってみたいと、そんなことばかり考えていたと……。お京ちゃんの場合も同じで、これまで我が身を犠牲にして弟たちのために尽くしてきたというのに、いきなり、見ず知らずの女《おな》ごが土足で脚を踏み入れ、お京ちゃんの仕事を奪ってしまったのですもの、面白《おもしろ》くないと思う気持はわたくしにも手に取るように解ります。けれども、おまきはあの娘《こ》のことを思ってしていることですもの……。焦《あせ》らずに根気よく接していけば、いつか解ってくれるにちがいありません」

亀蔵は苦虫《にがむし》を嚙《か》み潰《つぶ》したような顔をした。

「まったく、おめえらの人の善《よ》いのには呆《あき》れ返《けえ》る引っ繰《く》り返《けえ》るだぜ！　俺もちょいとばかし気になったもんだから、あの家族のことを調べてみたのよ。なんせ、下高輪台は八文屋《はちもんや》から近《ちけ》ェとあって、車町《くるまちょう》にも春次一家のことを熟知《じゅくち》している者がいてよ。そいつらが言うには、上のお京とすぐ下の男の子は最初の女房が産《う》んだ子だが、幸助という子を産んで間なしに女房が死んだそうでよ。それで、幼ねえ子供たちのためにと後添《のちぞ》いを貰《もら》ったんだが、そいつもまた、和助《わすけ》という子を産んだ翌年亡くなっちまってよ。よくせきのこと春次という男は女房運の悪《わり》ィ男なんだろうが、何しろ餓鬼《がき》がまだ頑是ねえもんだから、三番目の女房を貰わずにはいられなかったというのよ……。それで、再び後添いを貰ったんだが、そのころにはお京も七歳になっていてよ。どういうわけか、お京がこの継母《ままはは》に悉《ことごと》く抗《あらが》ったというのよ。世間じゃ、三番目の女房が末の男の子を産んで半年もしねえうちに男を作って駆け落ちしたと噂《うわさ》しているようだが、俺が聞いた話じゃ、実はそうではなかったというのよ。お京が継母に抗ったというが、抗うというよりあれは継母苛《いじ》めにも近く、継母が生まれたばかりの赤児《やや》を抱いて、井戸端で泣いている姿を近所の者が時折見かけたというからよ……。とにかく、お京のやり方が陰湿《いんしつ》なのよ。飯の中に釘《くぎ》が入《へえ》っていた、この女はあたしを殺そうとしてるんだと喚《わめ》き散らすし、朝起きてみると、継母の着物がびりびりに裂《さ》かれていたとか……。ところがよ、お京って娘《こ》は外面《そとづら》がいいのよ。挨拶はきちんとするし、さも自分だけが継母に苛められているという顔をして、近所の者に同情を買おうとしたらしいからよ。ところが継母が相手だと、そうは虎《とら》の皮！　よほど継母と反《そ》りが合わなかったんだろうて……。そうこうするうちに、ある日、継母がふいと姿を消した。お京は鬼の首でも取ったかのような顔をして、継母は男を作って逃げたのだと世間に言い触《ふ》らして歩いたそうでよ……。正《まさ》な話、本当のところは誰にも判《わか》らねえ……。ところが、世間というのはいい加減《かげん》なものでよ。女ごが生まれて間もねえ赤児《やや》を置いて出ていったもんだから、もしかすると、お京の言うほうが正しくて、女ごは男と手に手を取って逃げたのかもしれねえと目引き袖《そで》引き噂するようになったというのよ」

まあ……、とおりきは息を呑《の》んだ。

いくら継母と反りが合わないといっても、七歳の娘にそこまでの悪知恵《わるぢえ》が廻《まわ》るであろうか……。

「わたくし、俄《にわか》にその話が信じられませんわ。仮に、お京ちゃんと継母の間でそんなことがあったとしても、春次さんが手を拱《こまぬ》いて見ているはずがないでしょう？」

亀蔵がうむっと腕を組む。

「春次という男は口重《くちおも》な男でよ。仕事は出来るが、そっぺいもなければ（愛想《あいそ》がない）、面倒《めんどう》しいことにも首を突っ込まねえ……。恐らく、座視《ざし》していたのに違《ちげ》ェねえんだよ」

「座視するといったって……」

「世の中にゃ、そういう男もいるのよ。だから、俺ャ、おまきのことを危惧《きぐ》しているのよ。あんまし深入りしねえほうがいいのじゃねえかと思ってさ」

「…………」

おりきにはなんと答えてよいか解らなかった。

だが、これはおまきが決めること……。

やはり、今暫《いましばら》く様子見《ようすみ》をするより仕方がないのではなかろうか。

「親分のおっしゃることは解りますわ。けれども、傍《はた》がとやかく言っても、おまきには通じないでしょう。自分の目で確かめ、肌で感じ、甘くいくものかどうかを悟らない限り、おまきは他人《ひと》の言うことに耳を貸しませんからね。その意味では、これまでの後添いのように、いきなり子供たちの継母としてあの家に入るのではなく、こうして矩《のり》を置いて付き合うほうがよかったのかもしれません。おまきは苦労人ですもの……。きっと、自分のやり方を見つけることと信じています」

「そうけえ。おめえがそこまで言うのなら、俺ャ、もう何も言わねえ……。まっ、おまきも何回か下高輪台に通ってみて、こいつァおてちん（お手上げ）だと思えば、匙《さじ》を投げ出すだろうからよ」

亀蔵は煙草盆《たばこぼん》を引き寄せると、腰から提《さ》げの煙草入れと継煙管《つぎきせる》を引き抜き、甲州《こうしゅう》（煙草）を詰めた。

そうして、一服すると、長々と煙を吐き出す。

おりきは亀蔵の湯呑《ゆのみ》に二番茶を注《つ》ぐと、

「おさわさんはその後どうしていらっしゃいます？　もう見世のほうに出ていらっしゃるのでしょう」

と訊ねた。

亀蔵は破顔《はがん》すると、灰吹《はいふ》きに煙管の雁首《がんくび》をポンと打ちつけた。

「おう、こうめと鉄平《てっぺい》が悦《よろこ》んだのなんのって！　みずきがあすなろ園に通うようになり、おさわが水を得た魚とばかりに板場に入《へえ》って骨身《ほねみ》を惜《お》しまず働いてくれるようになってよ。八文屋の惣菜《そうざい》にも幅が出たうえに、こうめに余裕《ゆとり》が出てきたのよ……。現在《いま》じゃ、あすなろ園から帰《けえ》って来たみずきの相手をしてやるほどでよ。此《こ》の中《じゅう》、二度とみずきに火傷《やけど》をさせちゃならねえというのが、八文屋の合い言葉なのよ」

亀蔵はみずきが大火傷をしたときのことを思い出したのか、辛《つら》そうに眉根《まゆね》を寄せた。

「どうにかこうにか、みずきの心の疵《きず》は癒《い》えてくれたようだが、肩に出来た皮膚の隆起《りゅうき》は治《なお》らなくてよ。あいつを疵物《きずもの》にしちまったと思うと悔《く》やんでも悔やみきれねえ……。が、現在《いま》のところ、本人はあんまし気にしていねえようでよ。けどよ、年頃になったらどうかと思うと、身の毛が弥立《よだ》つような想《おも》いでよ……」

亀蔵が太息《ふといき》を吐く。

昨年の暮れ、みずきはこうめの不注意で、肩から肘《ひじ》にかけて大火傷をしてしまったのである。

幸い、肘、二の腕といった箇所は二度の損傷《そんしょう》で済んだのであるが、肩の部分が一番酷《ひど》く三度の損傷となり、蟹足腫《かいそくしゅ》（ケロイド）が出来てしまったのである。

みずきの火傷に動転した亀蔵は前後を忘れ、おさわのいる小石川称名寺《こいしかわしょうみょうじ》門前の茶店へと辻駕籠《つじかご》をかった。

みずきを励ますためにも、何が何でもおさわを呼び戻さなければと思ったのである。すぐさま駆けつけてくれたおさわは、病床のみずきに付き添《そ》い、甲斐甲斐《かいがい》しく看護してくれたばかりか、ささくれだった亀蔵の心までを癒してくれた。

すっかり落ち込んでしまったこうめも、おさわに励まされ自棄無茶《やけむちゃ》にならずに済み、何より、みずきの中にぽっかりと空いた、心の空隙《くうげき》を埋めてくれたのだった。

そうして、再び、みずきはあすなろ園に戻って来ることが出来、以来、八文屋にとっておさわはなくてはならない存在となったのである。

「みずきちゃんなら大丈夫です。皆がついているのですもの、肩の傷跡《きずあと》でめげるようなことはありませんよ」

おりきがわざと明るい声で言う。

「まあな……。脚の不自由ななつめのことを思えば、みずきの火傷の跡は着物で隠せるんだもんな」

亀蔵がなつめを引き合いに出し、溜息《ためいき》を吐く。

みずきが火傷を負《お》った丁度その頃、あすなろ園に新《あら》たな仲間が加わったのである。

なつめは幼い頃、荷車から落ちて片脚が不自由になったが、決して、卑屈《ひくつ》になることはなく、逆境《ぎやつきよう》にめげず生きていこうとしているのである。

それに、耳の不自由な三吉……。

三吉もなつめも障害を乗り越え、自分の生きる道を見つけようとしているのだった。

はっと、おりきが亀蔵を見る。

三吉がね……。

思わず口に出かかった言葉に、おりきは戸惑《とまど》った。

三吉が戻って来ると、亀蔵に告げたくて堪《たま》らない。

が、ええい、ままよ……。

達吉の言い種《ぐさ》でもないが、いっそ口に出して言ってしまったほうがすっきりとする。

「親分、三吉がね、三吉が帰って来てくれますのよ！」

おりきは燥《はしや》いだように言った。

その刹那《せつな》、三吉は帰って来るのではなく、やって来るのだと誤りに気づいたが、そんなことはどうでもよい……。

とにかく、久々に三吉に逢えるのである。

「おお、そうけえ。そいつァ良かったな！　それでいつ？」

亀蔵の目もパッと輝いた。

「三日後……。これでやっと三吉が善助の墓に詣ることが出来るのですよ！」

おりきは亀蔵の目を瞠め、満足そうに微笑《ほほえ》んだ。


その頃、おまきは下高輪台の位牌師春次の家で、夕餉の仕度をしていた。

現在《いま》、この仕舞た屋には、春次とおまきの二人しかいない。

お京は五日ぶりに訪ねて来たおまきの姿を見ると、二歳の太助《たすけ》を抱いてぷいと家を出て行ったきりで、幸助と和助は近所の子供たちとべい（貝）独楽《ごま》遊びに夢中で、まだ帰って来ない。

そして、春次はといえば、おまきを見てちょいと会釈《えしやく》をしただけで、すぐさま位牌作りの仕事に戻った。

どうやら、現在《いま》作っているのは蓮台屋根型《れんだいやねがた》の位牌のようである。

台の部分に蓮《はす》の花弁《はなびら》が施《ほどこ》してあり、屋根付き黒漆塗《くろうるしぬ》りの位牌は高直《こうじき》なもので気が抜けないのであろうが、それにしても、おまきが食間の掃除をしても洗い物をしても、春次は一切《いっさい》関心を払わないのである。

が、部屋のこの散らかりようはどうだろう……。

二階の閨《ねや》にいたっては、永《なが》いこと風を通した痕跡《こんせき》がなく、万年床には胴着や下帯が万年床《まんねんどこ》には胴着《どうぎ》や下帯《したおび》が脱《ぬ》ぎ捨てられ、部屋に漂《ただよ》うムッとした男の体臭が鼻を衝いてくるのだった。

そして、隣室の子供たちの閨には、いびったれ（おねしょ）た跡のある蒲団《ふとん》に、食い散らかされた煎餅《せんべい》の滓《かす》……。

饐《す》えた臭《にお》いを通り越し、これぞまさに鼻が曲がりそうになるほどの悪臭である。

おまきは慌てて窓を開けて蒲団を干し、部屋の掃除を始めた。

一階の食間や厨《くりや》にはそれでもまだ片づけた跡が窺われたが、どうやら、十歳の子供に二階の掃除までは手が廻らなかったとみえる。

おまきは脱ぎ捨てられた夜着《よぎ》や胴着を片づけながら、ふっと岡崎《おかざき》にいた頃のことを想った。

おまきも幼い弟妹《きょうだい》を遺《のこ》して母親に死なれ、父親《てておや》に頼り切られ、家事一切を切り盛りしなければならなかったが、岡崎の住まいは六畳一間の裏店で、否《いや》でも応《おう》でもその都度《つど》片づけなければ、食事も摂《と》れなければ蒲団も敷《し》けなかった。

掃除をするにしても、一間なのだからことは簡単である。

それを想うと、おまきの胸が熱くなった。

可哀相《かわいそう》に、お京ちゃん……。

やっぱり、誰かが助《す》けてやらなきゃ……。

が、そのとき、怒りに満ちた何かに挑《いど》むようなお京の視線が、脳裡《のうり》にまざまざと甦《よみがえ》ってきた。

あれは、余計な差出《さしで》をするなという意味なのだろうか、それとも、父親を他の女ごに奪われるのを警戒しているのだろうか……。

少なくともそういったことを味わったことがないおまきには、お京の気持が今ひとつ理解できない。

が、どうにかこうにか二階を片づけ、おまきは夕餉の仕度にかかった。

下高輪台まで来る道中、魚の担《にな》い売りから鯖《さば》を一本求めたので、塩焼《しおやき》にしようかそれとも味噌煮《みそに》にしようか、ちょいと迷う。

その前に、ご飯を炊《た》く必要があるのだろうかとお櫃《ひつ》の蓋《ふた》を開けると、朝炊いたと思える白飯《しろめし》がまだ半分以上残っていた。

一見したところ、随分《ずいぶん》と固そうな白飯である。

芯《しん》があるようには見えないが、成程《なるほど》、それで食べ残したのであろう。

ならば、雑炊《ぞうすい》にしてみようか、それとも、焼むすびにして茶漬《ちゃづけ》に……。

だが、焼むすびは表面がこんがりとしていても、中が柔《やわ》らかくなければならない。

やはり、この際は雑炊であろう。

そう思い、持って来た食材の中から、大根《だいこん》、人参《にんじん》、椎茸《しいたけ》、三つ葉、卵を取り出す。

卵は高直なので二個しか求められなかったが、それでも、卵を持って来たことにやれと安堵した。

四人の子供たちに、卵かけご飯にして食べさせてやろうと思ったのが、幸いしたのである。

となれば、鯖はやはり味噌煮のほうがよいだろう。

おまきはてきぱきと出汁《だし》を採《と》り、大根や人参を刻《きざ》んだ。

「お腹空《なかす》いたァ！」

「おいらもひだるくって、死にそうだい！」

表で遊んでいた幸助と和助が、腰高障子から転がり込んでくる。

「あと少しで出来るからさ！　おやまっ、幸ちゃんも和助ちゃんも泥んこじゃないか。お飯《まんま》の前に井戸端で顔を洗ってきな。幸ちゃんはお兄ちゃんなんだから、和助ちゃんの面倒を見てあげてね」

おまきが手拭《てぬぐい》を渡す。

「それで、お京ちゃんはどうしたのかしら？　太助ちゃんを連れて出て行ったきり、まだ戻って来ないんだけど、表にいなかった？」

「ううん。おいら、知らねえ」

「そう……」

おまきは首を傾《かし》げた。

だが、鯖を鍋《なべ》にかけたばかりだし、現在《いま》、厨を離れるわけにはいかない。

それで、夕餉の仕度に戻ったのであるが、雑炊や鯖の味噌煮が出来上がっても、まだ、お京は戻って来なかった。

幸助と和助がおまきの傍にへばりつき、早く食べさせろと急《せ》き立てる。

「じゃ、先に食べちゃおうか？」

「ヤッタ！」

「ねっ、今日のおかずは何？　この前《めえ》、おばちゃんが作ってくれた玉子焼《たまごやき》が美味《うま》かったんだけど、今日もある？」

「ううん。今日は玉子焼じゃなくて、雑炊なんだよ。卵が入ってるから、卵雑炊。沢山あるから、お代わりをしてもいいからね！」

「ヤッタァ！　おいら、三杯《さんべえ》は食うからよ」

幸助と和助が燥ぎ声を上げ、おまきは仕事場の春次に声をかけた。

「夕餉の仕度が出来ましたんで、冷《さ》めないうちに上がって下さいな」

春次がむくりと立ち上がり、食間に入って来る。

そうして、おまきの顔を見ると、申し訳なさそうにちょいと会釈した。

「お京ちゃんと太助ちゃんがまだ帰って来ないんだけど、どこに行ったのか心当たりがありませんか？」

いやっ、と春次が首を振る。

おまきは肩を落とした。

土台、子供にまったく関心を払わない春次に訊ねたのが間違いだった。

仕方なく、おまきは茶椀に雑炊を装《よそ》うと、お京たちを捜《さが》しに行こうと立ち上がった。

すると、春次が声をかけてくる。

「おめえさんは食わねえのか？」

「あたし、お京ちゃんを迎えに……」

「迎えに行くといっても、一体《いってえ》どこに……」

「…………」

そう言われてみると、おまきには心当たりなど皆無《かいむ》である。

「とにかく、そこら辺を捜してみますんで、皆さんは食べていて下さいな」

おまきはそう言い置くと、表に飛び出した。

此の中、日が長くなったとはいえ、六ツ（午後六時）を過ぎ四囲《しい》はすでに灰色の薄衣《うすぎぬ》にでも包まれたかのように見通しが悪かった。

しかも、この界隈《かいわい》に疎《うと》いおまきには、一体どこを捜せばよいのか見当もつかない。

とはいえ、十歳の子供がそうそう遠くまで行けるはずもない。

おまきは新道《しんみち》から横道《よこみち》に抜けると、表通りへと出た。

そうして、再び横道から新道へとほぼ町の一角を一廻《ひとまわ》りしたとき、何故《なぜ》かしら、空疎《くうそ》なものが身体《からだ》を包み込んだ。

あたしはなんて莫迦《ばか》なことをしているのだろうか……。

土地勘《とちかん》もなく、知り人《びと》もいない自分がこんなことをしていても、お京たちを見つけられるはずがない。

やはり、一度春次の家に戻り、五ツ（午後八時）を過ぎてもまだ戻って来ないようなら、自身番に届けるべきだろう。

そうすれば、いかになんでも、春次も重い腰を上げざるをえなくなるだろうから……。

そう諦《あきら》めると、おまきは春次の仕舞た屋へと戻った。

ところが、腰高障子を開け、おまきは思わず目を疑った。

なんと、お京と太助が春次の隣に坐って、平然と雑炊を食べているではないか……。

「お京ちゃん、おまえ、いつ帰ったの？　おばちゃん、心配で捜しに行ってたんだよ」

だが、お京はちらとおまきを流し見ただけで、鯖の身を解《ほぐ》し、太助の口に運んだ。

「おめえが出てすぐに戻って来たのよ」

「…………」

春次の言葉に、おまきは啞然《あぜん》とした。

自分が家を出てすぐにとは、では、お京はどこかで家を見張っていたのであろうか

……。

お京には、おまきが自分たちを捜しに出たと解っていたはずである。

それなのに、素知《そし》らぬ振りをして、おまきに自分たちを捜させたとは……。

「さっ、おめえも食いな」

春次がおまきの想いなど意に介さずといった言い方をする。

「おばちゃん、おいら、三杯《さんべえ》も食ったんだぜ！」

「おいらは二杯《にへえ》！」

幸助と和助がくったくのない笑顔を見せる。

その笑顔が、冷《ひ》え切ったおまきの心をどんなに慰《なぐさ》めてくれたことだろう……。

「そうだね。じゃ、おばちゃんも食べようかな？　空腹《からはら》のまま歩いたんで、目が廻りそうだよ！」

おまきは鬱々《うつうつ》とした想いを振り払うと、わざと明るく言い放った。


「おまきは戻って来ましたか？」

おりきは茶屋のその日の売上金と台帳を届けに来た、茶屋番頭の甚助《じんすけ》に訊ねた。

「へっ、つい今しがた……」

甚助が何か言いたげに、上目にちらとおりきを窺う。

「何か……。おまきがどうかしましたか？」

「いいや、それが……。おまきの奴、帰《けえ》って来たのはいいんだが、どこかしら塞《ふさ》ぎ込んでいるように思いやしてね」

おりきは首を傾げた。

「それで、現在《いま》、おまきはどうしています？」

「へえ……。それが、おめえは半日暇を貰ってるんだから手伝わなくていいと言ったんでやすが、自分だけ勝手をさせてもらったんだから、せめて掃除だけでも手伝わなくちゃ皆に悪いと言って、客席の片づけを助《す》けてやすが……」

「では、終わったら帳場に顔を出すようにと伝えて下さいな」

「へっ、解りやした」

甚助が頭を下げ、帳場を後にする。

茶屋の売上金と台帳を確かめていた達吉が、訝しそうにおりきを窺う。

「おまきの奴、一体《いってえ》どうしちまったんでしょうね」

おりきの胸につと危惧《きぐ》の念が過《よ》ぎった。

昼間、亀蔵が言った言葉を思い出したのである。

「この前《めえ》も思ったが、下の男の子たちは素直ないい子だが、上の娘が一筋縄じゃいかねえ手強《てごえ》ェ娘でよ。気性が激しいというのともまた違って、陳びてやがるからよ！おまきもあの娘には手こずるんじゃなかろうかと案じていたんだが……」

「とにかく、お京のやり方が陰湿なのよ。飯の中に釘が入《へえ》っていた、この女はあたしを殺そうとしてるんだと喚き散らすし、朝起きてみると、継母の着物がびりびりに裂かれていたとか……」

亀蔵はお京がほぼ苛めにも近いやり方で、継母に抗ったと言ったのである。

おりきはその話を聞いても俄に信じられず、まさか……、と否定した。

だが、それが杞憂《きゆう》であるとどうしていえようか……。

現《げん》に、おまきは下高輪台から帰って来て、塞ぎ込んでいるというのである。

「とにかく、おまきに仔細《しさい》を質《ただ》さないことには何も言えませんからね。それで、茶屋の売上げはどうですか?」

「へっ、上々で……。今日は釜飯《かまめし》が日頃の五割増し出たようで、やっぴし、茶屋のお品書《しながき》に釜飯を加えたのは当たりでやしたね」

「弥次郎《やじろう》のお陰です。板頭《いたがしら》が茶屋の目玉となる献立をと頭を捻《ひね》ってくれたのですものね」

「しかも、季節によって中に入れる具材に変化を持たせたんでやすからね。うちが釜飯を出すようになり、他の立場茶屋でも何軒か真似《まね》をしたみてェだが、鶏肉《とりにく》と山菜《さんさい》だけじゃ、とても勝負になりやせん」

達吉がまるで自分の手柄《てがら》かのように、鼻蠢《おごめ》かせる。

茶屋のお品書に釜飯を加えたいと言い出したのは、茶屋の板頭弥次郎である。

弥次郎は茶屋の全権《ぜんけん》を託《たく》されたばかりの頃は、何かにつけて旅籠の板頭巳之吉に敵《てき》対心《たいしん》を丸出しにしていたが、茶屋と旅籠とでは鳥目《ちょうもく》（代金）も違えば、食材も違う。

それで一計《いっけい》を案じ、安い食材で、茶屋にしか出せない釜飯をお品書に加えたのである。

それも、鶏肉に山菜といった常並な炊き込みではなく、季節によって、目先の変わった旬《しゅん》の海の幸、山の幸を取り入れたのだった。

たとえば、冬場は牡蠣《かき》、蟹《かに》、帆立貝《ほたてがい》、春は鯛《たい》、浅蜊《あさり》、白魚《しらうお》、夏場は鮎《あゆ》、穴子《あなご》、秋は栗《くり》、茸類《きのこるい》、山菜と、その時々の旬の食材を活《い》かして、さほど値が張らずに庶民の口に合う釜飯を考えたのである。

弥次郎の目論見《もくろみ》どおり、釜飯は立場茶屋おりきの目玉となり、現在《いま》では、朝餉膳《あさげぜん》や昼餉膳《ひるげぜん》を追い抜くほどの売上げなのだった。以来、弥次郎は巳之吉に敵対心を抱《いだ》くことはなかった。

どうやら分々《ぶんぶん》に風は吹くことを悟ったようで、ことに海人《かいと》の父親《ておや》となってからは、どこかしら性格に円《まる》みが出てきたようにも思えるのである。

と、そのとき、障子の外から声がかかった。

「お呼びでしょうか」

おまきである。

「お入り」

おまきがそっと障子を開けて、帳場の中を窺う。

「大番頭さんと二人だけです。いいから、お入りなさい」

おまきが怖《お》ず怖ずと入って来る。

おりきは長火鉢の傍まで寄るように促すと、茶の仕度を始めた。

「夜食は済ませたのでしょうね」

「ええ、春次さんの家で子供たちと一緒に食べました」

子供たちと一緒に……。

では、思い過ごしであったのだろうか……。

「さっ、お茶をお上がりなさい。それで、春次さんの家に行って、どうでした？　何か変わったことでもありましたか？　いえね、おまきが下高輪台から帰って来て、塞ぎ込んでいるようだと茶屋番頭が言うものですからね。わたくしも大番頭さんも心配していたのですよ」

おりきが長火鉢の猫板《ねこいた》に湯呑を置き、おまきの顔を窺う。

おまきはあっと目を伏せた。

やはり、何かあるようである。

「変わったことって……。あたしが勝手に大騒ぎをしただけなんです」

おまきはそう言うと、お京が末っ子の太助を連れて仕舞た屋を出たきり、夕餉の時刻になっても帰って来なかったのだと説明した。

「なんだって？　お京って娘《こ》はおめえが捜しに出た直後に、仕舞た屋に帰《けえ》って来たというのかよ！　だったら、すぐにでも春次かお京がおめえを引き戻しに追いかけるべきだろうが！　第一《でえいち》、おめえはあの界隈には疎いんだぜ。おめえが迷子《まいご》になることだって考えられるんだからよ。一体全体《いってえぜんてえ》、何を考えてやがる！　それによ、おまきが仕舞た屋を出てすぐにお京が帰《けえ》ったというが、少し都合がよすぎやしねえか？　どう考えても、どこかで様子を窺っていたとしか思えねえ……」

達吉が忌々《いまいま》しそうに歯嚙《はが》みする。

「恐らく、そうだと思います。五日前に行ったときもそうだったんだけど、あの娘《こ》、あたしとひと言も口を利こうとしないんですもの……」

「なんでェ、それは……。おっ、おまき、だったら金輪際《こんりんざい》行くこたァねえ！　おめえはお端女じゃねえんだぜ。おっかさんのいねえ子供たちを不憫《ふびん》に思い、おめえがわざわざ茶屋を休んで通っているというのによ。しかも、あいつらに食わせる食い物はおめえが身銭《みぜに》を切っているんだぜ？　こんな莫迦なことがあって堪《たま》るかよ。感謝されこそすれ、無視される道理はねえんだ！　ねっ、女将さん。女将さんもそう思いやせんか？」

達吉が怒りに目を光らせ、おりきに同意を求める。

「そうですね。わたくしも春次さんの態度には些《いささ》か不審《ふしん》の念が拭えません。お京ちゃんはなんといってもまだ十歳と子供ですので、不満を露《あら》わにしても不思議はありませんが、何ゆえ、春次さんが無関心でいられるのか……。お京ちゃんが帰宅したと知り、春次さんがおまきを追いかけてもよかったのですからね」

おりきが眉根を寄せる。

「いえ、あとで判《わか》ったんですが、春次さんは追いかけたそうなんです。けど、あたしがどっちに向かったのか判らなかったそうで……」

おまきが慌てて春次を庇《かば》う。

「では、おまきの顔色が優《すぐ》れないのは、やはり、お京ちゃんの態度に不安を覚えているからなのですね」

おりきがおまきをひたと瞠める。

おまきは項垂《うなだ》れたまま、こくりと頷いた。

「あの娘《こ》に好かれていないのは知っています。けど、あたしは別に好かれたいと思ってしているのではなく、少しでもあの娘《こ》を助《す》けてやりたいだけなんです。今日初めて二階に上がってみたんですが、それは酷い有様でした。あの人たちは慣《な》れてるんだろうけど、あんな暮らしをしていたら、今に身体を毀《こわ》しちまう……。だから、いらぬおせせの蒲焼《かばやき》と解っていても、あたしは助けてやりたいんです」

「おまきの気持はよく解りました。けれども、今日のようなことが再びないとは限りませんからね……」

おりきは喉元《のどもと》まで出かかった言葉を、ぐっと呑み込んだ。

やはり現在《いま》は、お京が継母にしたという陰湿な嫌《いや》がらせを、伝えるべきではないだろう。

何もかもが亀蔵がどこからか聞きかじってきた噂であり、どこまでが真実か判らないというのに、教えたばかりに、おまきに余計な先入観を与えるようなことになってはならない。

おまきはううんと首を振り、寂《さみ》しそうな笑みを浮かべた。

「いいんです。あたしはこれからもお京ちゃんに裏表《うらおもて》なく接してやるつもりだし、あの娘《こ》の挑発に乗るほど莫迦ではありませんもの……。それにね、幸助ちゃんと和助ちゃんの可愛《かわい》いこと！　おばちゃん、おばちゃんと慕《した》ってくれて、あの子たちのためにも行ってやらなきゃと思います」

おりきは鬼胎《きたい》を抱きながらも、頷いた。

「そうですね。こういったことは、すぐのすぐというわけにはいきませんものね。お京ちゃんの頑《かたく》なになった心を開くには、今暫くときがかかるかもしれません。おまきが辛抱して続けるというのであれば、わたくしはもう何も言いません。ただ、意地を張ってはなりませんよ。駄目だと悟ったら、すぐにでも引き下がるのです」

「はい」

おまきは素直に頷き、照れたように笑ってみせた。

おりきはその目を見て、おまきなら大丈夫だ、と思った。

振り返るに、おまきが幼馴染《おさななじみ》の悠治《ゆうじ》に立場茶屋おりきに置き去りにされて、八年……。

あれから、おまきにも様々《さまざま》なことが起きたが、なんと逞《たくま》しい女ごに成長したのであろうか。

現在《いま》のおまきは苦難にあっても決して挫《くじ》けることなく、毅然《きぜん》と顎《あご》を上げて立ち向かおうとする。

思うに、おまきは決して無駄に生きてきたわけではなく、一つ一つの出来事を肥《こ》やしにして逞しくなったのであろう。

おりきがおまきの目を瞠め、ふわりとした笑みを投げかける。

「疲れたでしょう？　早く休みなさい」

巳之吉が胸の間《あわい》からお品書を取り出し、畳《たたみ》の上にひらりと広げる。

おりきは思わずひと膝《ひざ》前に躙《にじ》り寄った。

すると、達吉がくすりと嗤う。

「女将さんほど解りやすい女《ひと》はいねえぜ。今朝からそわそわしちまってよ！」

「それだけ三吉が帰《けえ》って来るのを愉《たの》しみにしていなさるってことですよね？　へっ、お待たせしやした。これが、今宵《こよい》の夕餉膳の献立でやす」

例のごとく、絵付きのお品書である。

「まず、先付《さきづけ》でやすが、今宵はあちゃら和《あ》えにしてみやした。白魚、赤貝《あかがい》、菜の花、水前寺《すいぜんじ》海苔《のり》の甘酢《あまず》漬《づけ》でやすが、鳳凰膳《ほうおうぜん》に乾山写雲銀向付《けんざんうつしうんぎんむこうづけ》でお出ししやす」

巳之吉がお品書に描かれた絵を指差す。

水墨《すいぼく》で描かれただけで彩色《さいしき》されていないが、赤貝の赤に白魚の白と菜の花の緑が、まるで目に見えるようである。

あちゃらとは甘酢で様々な食材を和えたものをいい、さっぱりとした味が愉しめそうである。

「続いて、造《つく》りとなりやすが、今宵は鯛の松皮造《まつかわづく》りと鰹《かつお》、車海老《くるまえび》で、これは仁清写《にんせいうつし》の鶴《つる》を象《かたど》った鶴鉢《つるばち》でお出ししやす。そして、椀物《わんもの》は鯛の潮仕立《うしおじた》てで、木の芽をたっぷりとあしらいやす」

おりきは羽を広げた鶴を象った鶴鉢に、まあ……、と声を上げた。

「これが先月求めた鶴鉢なのですね？」

「はい、古物商《こぶつしょう》が持って来た道具の中にあったのでやすが、惜《お》しいことに三客《さんきゃく》しかなくてこれまで使う機会がありやせんでした。ですが、今宵の吉野屋さんの座敷は三吉と二人だけ……。それで、初めてお披露目《ひろめ》させることにしやした」

巳之吉が自信ありげに頬《ほお》を弛《ゆる》める。

「目利《めき》きの吉野屋さまですもの、きっとお悦びになることでしょう。わたくしは今初めて拝見しましたが、写しと聞かなければ、本物の野々村《ののむら》仁清かと思うほど、よく出来ていますこと！」

「本物なら、とても手に入れることは出来やせんでした」

「三客しかないのが残念ですよね。それで、次が八寸《はっすん》ですが、これはまた、なんて乙《おつ》粋《いき》な八寸なのでしょう……。金箔竹皮盛《きんぱくたけかわも》りとなっていますが、巳之吉が竹皮に金箔を？」

「いえ、先《せん》にはこういったことは善爺《ぜんじい》がやっていたと聞き、下足番の吾平《ごへい》さんが是非にもやらせてくれと言いやしてね」

「まあ、吾平が……」

おりきが目を細める。

金箔竹皮の内側に桜の花弁《はなびら》が散らしてあり、青竹筒《あおだけづつ》の中に入った鯛の桜寿司《さくらずし》と油目《あぶらめ》の手毬寿司《てまりずし》……。

そして、猪口《ちょこ》の中には鮑《あわび》の肝炊《きもだ》き、もう一つの角鉢《かどばち》には薇《ぜんまい》の白和《しらあ》え……。

また串刺《くしざ》しは、車海老と鮑、鶉卵《うずらたまご》の鱲子《からすみこ》粉焼《やき》で、その傍に空豆《そらまめ》がちょいと添えてあり、いかにも春らしい八寸である。

「続いて蒸物《むしもの》となりやすが、今宵は甘鯛《あまだい》の桜蒸《さくらむし》で、桜色に染めた道明寺粉《どうみょうじこ》で甘鯛の切《きり》身《み》を包んで昆布《こんぶ》の上に載《の》せて蒸《む》し、塩出しした桜の葉の塩漬《しおづけ》をあしらい、茹《ゆ》でた土筆《つくし》を添えてやりやす。これは仁清写扇面絵《せんめんえ》蓋向付《ぶたむこうづけ》に入れやすが、蓋を開けると、桜の香りと桜色が愉しめるのではねえかと……」

「成程、桜餅《さくらもち》の要領《ようりょう》で甘鯛を味わうって趣向《しゅこう》かよ……。巳之吉も考えたものよ」

達吉が感心したように言う。

「次が炊き合わせですね。ああ、やっとここで筍《たけのこ》が出ましたね」

おりきがそう言うと、巳之吉が首を竦める。

「吉野屋さまにはこの前《めえ》来られた際、筍づくしを食してもらいやしたからね。が、季節柄、外《はず》すわけにもいかねえもんで、ここは定番の朝掘り筍と若布《わかめ》の炊き合わせにしやした。木の芽をふんだんにあしらい、品の良い味を愉しんでいただけたらと思っていやす」

朝掘り筍と若布の炊き合わせは、油滴天目《ゆてきてんもく》の喰籠《じきろう》に入っていて、これを小皿に取り分けて食べるようである。

「続いて強肴《しいざかな》となりやすが、油目の木の芽焼にしやした。筍と若布の炊き合わせが食材の持つ味を引き立てるために薄味《うすあじ》にしてありやすんで、油目は少ししっかりとした風味《ふうみ》合《あい》にするつもりでやす。そして、次がご飯ものとなりやすが、今宵は筍ご飯……。鯛飯《たいめし》にしようかと迷いやしたが、やはり、現在《いま》は筍が旬でやすからね。留椀《とめわん》の鯛のつみれと笹掻《ささが》き牛蒡《ごぼう》の味噌《みそ》仕立《じた》てと香《こう》の物と共に召し上がっていただきやす」

「強肴は織部《おりべ》の手《て》付鉢《つきばち》ですね。巳之吉、とても気の利いた春らしい夕餉膳ですこと！　お客さまが吉野屋さまとあって、敢《あ》えて、品数を減《へ》らし、器《うつわ》に凝《こ》ったのもよく解ります」

「三吉には少し物足りねえかもしれやせんが、此の中、召し上がる量が少なくなった吉野屋さまのことを考えて、こういった形にしてみやした」

さすがは巳之吉である。

吉野屋幸右衛門も今や六十路《むそじ》……。

この前、立場茶屋おりきに投泊したのが二月《ふたつき》ほど前のことで、その折、巳之吉は幸右衛門が以前のように食が進まなくなったことを知ったのであろう。

「なに、三吉は腹が減れば、俺たちと一緒に夜食を食えばいいんだしよ。吉野屋さまが悦んで下さるように計るのが、巳之吉の務《つと》めだからよ」

達吉が仕こなし顔に言う。

「甘味《かんみ》が小ぶりの葛桜《くずざくら》というのもいいですね。さぞや、お薄《うす》が美味しく頂《いただ》けるでしょう」

「へえ、これも一度は道明寺の桜餅をと思ったんでやすが、葛餅《くずもち》にしたほうが喉越《のどご》しがいいかと思いやして……」

成程、こういったところが、幸右衛門が巳之吉を贔屓《ひいき》にする所以《ゆえん》であろう……。

「それで、女将さん、おきちにはもう?」

巳之吉がおりきを瞠める。

「ええ、伝えました。大番頭さんは内緒にして驚かせたほうがよいと言ったのですがね……。けれども、わたくしもそうでしたが、驚かされるより期待に胸を弾《はず》ませるほうがいいですものね。それで伝えることにしましたの」

「では、おきちも女将さん同様、今宵が待ちきれずに落着かなかったことでやしょうね」

「ああ、おきちの奴、昨日からそわそわしちまってよ……。言われたことをころりと失念《しつねん》し、おうめから、そんな調子では明日の座敷におまえを出すことが出来ない、と鳴り立てられてたからよ」

達吉がひょうらかしたように言う。

「けれども、それは仕方がありませんよ。おきちにしてみれば、女中見習に入って初めて三吉と対面するわけですからね。三吉の目に自分がどんなふうに映《うつ》るのかと思うと、気もそぞろになってしまうのでしょう。けれども、今朝はもうすっかり腹を据えたとみえ、平然とした顔をしていましたからね。ああ見えて、案外、肝が据わっているのかもしれませんわ」

「それで、吉野屋さまの到着はいつ頃で？」

巳之吉が達吉を窺う。

「さあて……。七ツ（午後四時）から七ツ半（午後五時）とみておけばいいのじゃねえか？ 大概《てえげえ》、そうだからよ」

「じゃ、あっしはそろそろ仕込みにかかりやす」

巳之吉が辞儀をして、帳場を出て行く。

おりきは達吉に目を据えると、

「今宵のお客さまは吉野屋さまだけではありませんからね。五部屋ある客室のすべてが塞がっています。皆さま、参勤交代の狭間《はざま》を縫《ぬ》ってのご投泊なのですから、くれぐれも失態のないように旅籠衆《はたごし》に気合を入れるように伝えて下さいな」

と言った。

「へっ、解りやした。早速、おうめと潤三を呼んで打ち合わせを致しやす」

達吉も帳場を出て行く。

ああ、あと少し……。

二刻《ふたとき》（四時間）もすれば、三吉に逢えるのである。

おりきはふうと息を吐くと、そうだ、今宵は一張羅《いっちょうら》の茄子《なす》紺《こん》の鮫小紋《さめこもん》を着てみよう、と思った。


「お越《こ》しなさいませ。お待ち申しておりました」

玄関先でおりきが三つ指をつき、深々と頭を下げる。

おりきの隣には達吉と潤三、そして背後では女中頭のおうめを先頭に女中たちが頭を下げていて、勿論《もちろん》その中におきちの姿もあった。

「ああ、また厄介《やっかい》になりますよ」

幸右衛門が羅紗《らしゃ》の半合羽《はんがっぱ》を脱ぎ、潤三に手渡す。

そして、ちらりとおりきを窺うと、

「女将、あたしが今日誰を連れて来たと思うかえ？」

と悪戯っぽく目を輝かせた。

さあ……、とおりきが首を傾げる。

「驚くんじゃないよ！　三米、さっ、中にお入り……」

幸右衛門が玄関から表へと顔を出し、手招きをする。

菅笠《すげがさ》を目深《まぶか》に被《かぶ》った三吉が、そっと笠を外し、中に入って来る。

「まっ、三吉ではないですか……。えっ、大番頭さんはこのことを知っていたのですか？」

おりきが大仰《おおぎょう》に驚いた振りをして、達吉を振り返る。

「ええ。吉野屋さまから女将さんには内緒にしておけと言われたもんで……。済みやせん」

「まっ、吉野屋さまもお人の悪い！」

「驚いただろ？」

「驚いたのなんのって……。心の臓が止まるかと思いましたわ。けれども、三吉、いえ、三米さま、よくぞ来て下さいましたこと！　さあ、こっちに寄って顔を見せて下さいな。まあ……、暫く見ない間に、こんなに凜々しい若者におなりになって……」

おりきが三吉の手を握り、感極まったように頷く。

「ただいま帰りました」

三吉がおりきの目を瞠める。

涼《すず》やかな目許《めもと》に、中高《なかだか》な面差し……。

背丈も少し伸びたようで、もうすっかり、京の雛男《ひなおとこ》ではないか！

達吉がこちょこちょと三吉の半合羽の袖を揺する。

「ただいまじゃねえだろう？　おめえは帰《けえ》ったんじゃなくて、訪ねて来たんだからよ」

達吉は三吉が唇の動きを読み取れるように、目を見て、はっきりとした口調で言った。

「大番頭さん、よいではないですか。ここは三米さまの故郷《ふるさと》、立場茶屋おりきは実家《さと》なのですもの……。わたくしたちもお帰りなさいと言ってやろうではありませんか」

おりきがそう言うと、その場にいた全員が口を揃《そろ》え、お帰りなさいませ！　と言う。

三吉は深々と頭を下げた。

おりきがさっと背後に目をやり、おきちを手招きする。

「おきち、何をしているのですか……。さっ、早くこっちに来て、三米さまに挨拶をなさい」

ところが、なんと、おきちは前垂《まえだ》れを顔に当て、肩を顫《ふる》わせているではないか……。

おうめがおきちを無理矢理立たせると、前へと押し出す。

おきちは蹌踉《よろ》けるように三吉の前まで寄って来ると、堪えきれずにウウッと嗚咽《おえつ》を洩《も》らした。

「おきち……」

三吉がおきちの手を握る。

「あんちゃん……、あんちゃん……、あたし、嬉しくて……」

おきちはそう言うと、ワッと声を上げ、三吉の腰にしがみついた。

「…………」

「…………」

誰一人、言葉を発することが出来なかった。

おりきの目にも熱いものが衝き上げてくる。

が、暫くして、達吉がその沈黙を破った。

「おいおい、玄関先で涙の対面でもねえだろうが！　まずは吉野屋さまを客室にお通ししなくては……。吾平、末吉《すえきち》、洗足《せんぞく》のご用意を！」

達吉がポンと手を打つ。

どうやら、幸右衛門もここまで悪戯が功《こう》を奏《そう》すとは思っていなかったのであろう。はっと我に返ると、バツが悪そうにおりきに目弾《めはじき》をした。

「女将、では、後ほどな……」

おりきは一旦《いったん》帳場に戻ると、神棚《かみだな》と仏壇《ぶつだん》に手を合わせた。

三吉が息災《そくさい》でいてくれたことや、おきちと三吉が再会できたことに、感謝の意を伝えたかったのである。

そうして、客室に先付が出た頃合いを見て、改めて、おりきは浜木綿《はまゆう》の間に挨拶に出向いた。

幸右衛門はおりきの姿を認めると、早く、早く、と手招きをした。

「女将、おきちには驚いたぜ！　先ほど先付を運んで来たときに感じたのだが、また一段と大人の女ごらしくなってきたではないか……。あれならもう一人前だ。三米もおきちがあんまし女らしくなっているのに感激したみたいでよ。なっ、三米、そうだよな？」

三吉は幸右衛門の口許《くちもと》がよく読み取れなかったとみえ、ちょっと首を傾げたが、すぐにおきちのことと悟ったようで、ええ、と頷いた。

「わたしが京に行く前のおきちと比べると、見違えるほどに大人になりました。女将さんのお陰です。どうかこれからも、おきちのことを宜《よろ》しく頼みます」

三吉がおりきの目を真っ直ぐに瞠め、頭を下げる。

「解りましたよ。おきちのことはこのわたくしに委《まか》せて、三米さまこそ絵師としてますますご精進《しょうじん》下さいませ」

「実は、此度、三米を同行したのは、善助の墓に詣らせたかったからでよ……。ずっと、気にかかっていたのだが、急遽《きゅうきょ》あたしが江戸に赴《おもむ》くことになったのでな。それで、これはよい折と思い、三米を品川宿まで同行したいと竹米に申し出たところ、竹米も快《こころよ》く許してくれましてな。どうやら、竹米も三米を墓詣りに帰らせなければと思っていたようなのだが、この前も話したように、病《やまい》の御母堂を一人で京に残しておくわけにはいかない……。それで揮毫の旅も控《ひか》えていたようなのだが、あたしが同行するというのなら、悦んで三米を帰そうということになってよ。と、まあ、そんなわけなんで、あたしは明朝江戸に発《た》ち、戻りは五日後となるが、それまで三米をここで預かってもらえないかと思ってよ……」

幸右衛門はそう言うと、おりきの目をじっと瞠めた。

「では、三米さまが五日間ここにご滞在と？　ええ、ええ、勿論いいですことよ！　まあ、五日も……」

おりきは燥いだように胸前で手を合わせたが、はっと幸右衛門に目を据えた。

「何か？」

幸右衛門が訝しそうに目をしばしばとさせる。

「実は、客室が塞がっていますの。何しろ、現在《いま》は参勤交代の時期でして……。たまたま今宵と明日は空いていましたが、あとは殆《ほとん》ど諸藩の予約で埋まっていましてね」

幸右衛門はにっと笑った。

「そんなことは先刻承知《せんこくしょうち》！　ここに来る道中、たびたび参勤交代にぶつかりましたからね。仕方がないので定宿《じょうやど》に泊まるのは諦め、参勤とは関係のない安宿《やすやど》に泊まりましたが、三米の場合、ここは我が家も同然……。客室に泊まる必要はありませんよ。京に行くまでは三米も他の店衆と一緒に使用人部屋で寝起きしていたのですからね。なっ、三米、おまえさんはそれで構わないよな？」

三吉が目を瞬く。

突然矛先《ほこさき》を向けられ、戸惑ったようである。

「わたしの泊まる部屋のことですか？　わたしは茶屋の二階で充分です。今宵は吉野屋さまと一緒なので客室に泊めてもらいますが、明日からは店衆と寝食《しんしょく》を共にしたいと思います」

三吉ははっきりと答えた。

なんと清々《すがすが》しい若者になったことであろうか……。

言葉遣いにもそつがなければ、立ち居振る舞いも堂々としている。

「そうですか……。けれども、茶屋の二階というわけにはいきません。善助が使っていた小屋の跡地に建てた二階家がありますので、そこで、達吉か巳之吉と一緒に寝てもらいましょう。ほら、この前三米さまが見えたときに普請中《ふしんちゆう》だった、あの二階家ですよ。善助のために建てたのですが、終《つい》しか、善助は入ることが叶《かな》いませんでした……」

善助という言葉に、三吉の目に涙が溢《あふ》れた。

「善爺、あれほど愉しみにしていたのに入れなかったのですよね……。女将さん、わたしをそこに泊めて下さい！　善爺の想いをこのおいらが代わって果たしてやりてェ……。それだけじゃねえ。吉野屋さまが戻って来られるまで、毎日、善爺の墓に詣り、善爺から教わった下足番の仕事も助けてェと思いやす《す》。お願《ねげ》ェします。やらせて下せえ！」

三吉の言葉遣いは、すっかり品川宿にいた頃のものに戻っていた。

それだけ善助への想いが強いということであり、三吉の中に品川っ子の血が脈々《みやくみやく》と流れているということであろうか……。

「解りました。では、この五日間はわたくしたちも三米さまではなく、三吉と呼びましょう。三吉、ああ、なんてよい響きなのでしょう！」

おりきがそう言うと、幸右衛門も目を細めた。

「ああ、それがよい。おっ、良かったな、三米じゃなかった、三吉か……。いや、やっぱり、あたしは三米と呼ばせてもらうよ。そのほうが言い慣れているのでな」

幸右衛門が苦笑する。

おりきは改まったように三吉を見ると、

「お帰りなさい、三吉……」

と微笑みかけた。

三吉が目で頷く。

ああ、やっと三吉が帰って来てくれた！

おりきは胸の内でもう一度呟いた。

お帰りなさい、三吉……。

翌日、幸右衛門は江戸に出立《しゅったつ》した。

三吉は街道筋まで出て幸右衛門を見送ると、では、参りましょうか、とおりきに目まじした。

「ええ、参りましょう。おきち、花の仕度は出来ていますね？」

おりきがおきちを振り返ると、おきちは手桶《ておけ》を高々と掲《かか》げてみせた。

手桶の中には、小菊《こぎく》が溢れんばかり……。

これは、毎朝仏壇に花を供《そな》え、先代女将の月命日には必ず妙国寺《みょうこくじ》に詣るおりきのために、善助が裏庭に植えてくれた小菊である。

それも、年中三界《ねんじゅうさんがい》、供花《きょうか》に事欠《ことか》かないようにと、開花時期の違いを踏まえ、春には春紫苑《はるじおん》、都忘《みやこわすれ》、嫁菜《よめな》、夏場になると姫女苑《ひめじょおん》、鋸草《のこぎりそう》、小車《おぐるま》、そして秋には野紺菊《のこんぎく》、柚香菊《ゆうがぎく》、菊芋《きくいも》、また秋も深まると、小浜菊《こはまぎく》、浜菊《はまぎく》、磯菊《いそぎく》、野路菊《のじぎく》と、さまざまなキク科の花を植えてくれたのだった。

お陰で、供花には不自由することがなく、おりきは花に鋏《はさみ》を入れながら、善助、有難うよ、と手を合わせる。

現在《いま》、おきちが手桶に浸《ひた》しているのは、都忘と嫁菜……。

「では、あとを頼みましたよ」

おりきは達吉に声をかけると、三吉おきち兄妹《きようだい》を伴《ともな》い、妙国寺へと向かった。

妙国寺には、先代女将、善助の他に、三吉おきち兄妹の双親《ふたおや》に姉のおたか、そして、現在《いま》あすなろ園を手伝っている榛名《はるな》の亭主も眠っている。

その中でも、善助が亡くなったのは一年と四月《よつき》前とあって、まだ墓碑《ぼひ》も新しい。

「善助、三吉がおまえに逢いに、京より戻って来てくれましたよ」

おりきが線香を手向《たむ》け、手を合わせる。

「じっちゃん……」

三吉はそう呟くと、目を閉じて、胸の内で長々と善助に語りかけた。

一体何を語りかけているのであろうか、三吉の肩がぶるると顫える。

おきちもその傍で目を閉じ、手を合わせている。

「じっちゃん、良かったね。あんちゃんがすっかり絵師らしくなって帰って来てくれたんだよ……」

おきちのその声は、当然、三吉には聞こえていないはずである。

が、三吉はまるでおきちの言葉が聞こえたかのように、初めて声に出して呟いた。

「じっちゃん、おきちを護《まも》ってくれて有難う。甘ったれだと思っていたおきちが、こんなにしっかりとした娘になってくれ、おいらは嬉しくて堪らねえ……。どうか、これからも、おきちのことを頼むよな！」

おりきの胸がカッと熱くなった。

以心伝心《いしんでんしん》というが、これぞ、まさに双子……。

三吉とおきちの想いは同じ……。

互いに相手を想い合い、善助に感謝の気持を伝えているのである。

暫くして、やっと三吉が立ち上がった。

三吉の目には涙の跡《あと》が見えた。

「思い残すことなく、善助と語り合えましたか？」

おりきが三吉の目を見てそう言うと、三吉は、はい、と爽《さわ》やかな声で答えた。

そうして墓詣りを終えて旅籠に戻って来ると、三吉は下足番の仕事を助《す》けたいと言い出した。

が、現在《いま》は下足番に吾平、見習に末吉がいて、手が足りている。

それで、あすなろ園で子供たちの相手をしてほしいとおりきが頼むと、ならば、子供たちが遊ぶ姿を絵に描かせてほしい、と三吉が申し出た。

「まあ、そうしてくれると、子供たちが悦ぶことでしょう！」

おりきも手放しで賛同した。

そうして、現在《いま》、三吉は子供たちを生写《しょううつ》しているのである。

といっても、似顔絵《にがおえ》を描くのではなく、子供たちが高城貞乃《たかぎさだの》に文字を教わっている姿や、真剣な眼差《まなざ》しで手習《てならい》に勤《いそ》しむ姿、はたまた、ふざけて悠基《ゆうき》の顔に落書《らくが》きをする勇次《ゆうじ》や、取っ組み合いの喧嘩《けんか》をする男の子の姿を、さらさらと紙に描き写していくのだった。

子供たちは三吉の意図《いと》が解らないまま、興味津々《きょうみしんしん》とばかりに、入れ替わり立ち替わり、三吉の手許を覗き込んでくる。

「あっ、これは俺と悠基だ！　へへっ、みずきの奴、歳下《としした》のくせして偉そうに、なつめに筆の持ち方を教えてやがらァ！」

「茜《あかね》ちゃんをあやしているのは、おせんちゃんだよね？　なんだ、おいねだけ、一枚も描かれていないよ！」

「あるじゃないか、ここに……。ほら、ここで欠伸《あくび》してるのは、おいねちゃんだよ」

「どれどれ……。あっ本当だ！　おいねの奴、大欠伸してやがる」

「言ったな！　勇次の莫迦！」

子供たちは大燥《おおはしや》ぎである。

「まっ、本当に、よく描けていること……。子供たちの表情が活き活きとしているのですものね」

「貞乃さまはいいですよ。あたしなんか、海人の襁褓《おしめ》を替えている姿を描かれてるんだからさ……」

貞乃とキヲも口々に言う。

「けど、こうしてばらばらに子供たちやあたしたちが描かれているけど、これを一体どうしようってのですか？」

キヲが怪訝《けげん》な顔をして、三吉に訊ねる。

「キヲさん、駄目ですよ。ちゃんと伝わるように、三米さまの目を見て話さないと……」

貞乃が慌てて割って入る。

キヲは三吉の袖をこちょこちょと揺すると、再び訊ねた。

ああ……、と三吉が頬を弛める。

「これは下絵《したえ》です。この下絵を元に構図を考え、改めて、もう一度描いて、彩色するのはその後です」

「てことは、ここにおいでになる間に、絵は完成しないということで……」

キヲが目をまじくじさせる。

「ええ。構図を練《ね》るところまではいくかもしれませんが、そこから先は京に戻ってからということになります」

「えっ、じゃ、あたしたちには完成した絵が見られないじゃありませんか！」

「いえ、上手く描けましたならば、お送りします。といっても、邪魔《じゃま》になるかもしれませんが……」

「邪魔だなんてとんでもありません！　額装《がくそう》して、あすなろ園に飾《かざ》らせてもらいますよ」

「そうですよ。これは、あすなろ園の宝ですもの……。先々、自分たちにもこんな時があったのだなと子供たちも懐《なつ》かしがるでしょうし、あたしたちにもいい思い出となりますからね」

貞乃とキヲはそう言い、顔を見合わせた。

こうして、日中、三吉は善助の墓詣りや子供たちの生写しをして過ごし、三度の食事を帳場でおりきやおきちと共に摂ると、夜分は達吉の部屋に寄寓《きぐう》することになったのである。

常なら、おきちは他の旅籠衆と一緒に食間で賄《まかな》いを摂るが、三吉の滞在中だけは、帳場で摂ることが許されたのである。

というのも、食事のときでないと、兄妹《きょうだい》がゆっくり話すことが出来ず、今後、三吉が立場茶屋おりきに再び投泊することがあっても、それは絵師加賀山三米としてであり、そうなれば、兄妹《きょうだい》であっても矩を超えてはならないからである。

「女将さん、有難うございます」

おきちはおりきの粋《いき》な計らいに、素直に感謝の意を表した。

「三吉とゆっくり話せましたか？」

「ええ、あんちゃんから京の話をいろいろと聞きました。加賀山さまのお母さまに可愛がってもらっているとか……。あんちゃんは優《やさ》しいから、お年寄りに好かれるんですよ。善爺にも本当の孫みたいに可愛がってもらっていたし、あんちゃんの心の中には、現在《いま》でも、善爺がいるんですよ。あんちゃん、言ってました。善爺が亡くなったとき、あんちゃんは師匠の旅の供をしていたけど、俳人《はいじん》の家で揮毫をしていると、善爺が廊下をすっと通り過ぎたように思ったんですって……。あっと絵筆を止めて廊下の先に目をやると、庭の散紅葉《ちりもみじ》が目に飛び込んできて、あんちゃん、心の臓が止まりそうになったって……。その後、京に戻って善爺が亡くなったと知らされ、ああ、あのとき、善爺は別れを告げに自分の元に来てくれたのだと、そう思ったそうです。その後も、何かあるたびに、善爺の姿がそこかしこで見えるような気がするって……。あたしね、その言葉を信じようと思います。あんちゃんは現在《いま》も善爺と一緒にいるんですよ」

おきちはそう言った。

そうかもしれない、とおりきも思う。

十一歳のとき、父親に陰間《かげま》（男娼《だんしょう》）に売られ、遊里で耳が聞こえなくなるほどの折檻《せっかん》を受けた三吉を、善助は自分があいつの耳になってやると誓い、実の孫のように慈《いつく》しんできたのである。

三吉が絵師として身を立てるべく京に行ってからも、常に、善助の心の中には三吉がいた。

そうして、善助は竹米の供をして久々に訪ねて来た三吉に再会し、これでもう思い残すことはないといった満ち足《た》りた顔をして、ひっそりと果てていったのである。

が、肉体は滅《ほろ》んでも、魂《たましい》は滅ばない。

善助の魂は三吉の中にすっぽりと入り込み、もしかすると、現在《いま》も三吉の耳となろうとしているのかもしれない。

あの善助なら、いかにもやりそうなことである。

「おきち、わたくしもそう思いますよ。現在《いま》も三吉は善助と共にいるのだと思います。けれども、おまえはこれからも三吉と離れ離れなのですからね。思い残すことがないように語り合うのですよ」

「はい」

おきちは満面《まんめん》に笑みを浮かべた。

だが、五日間というのはあまりにも短く、瞬《また》く間に過ぎていった。

五日後、三吉は江戸から戻ってきた幸右衛門に連れられ、再び、京へと戻って行った。

三吉の振り分け荷物の中には、あすなろ園の子供たちの下絵がきっしりと詰まっている。

さあ、これがどのような絵に仕上がってくるのか、愉しみがまたひとつ増えたのである。

おりきとおきちは三吉を乗せた四ツ手(駕籠)の後棒《あとぼう》の背中が豆粒《まめつぶ》ほどになるまで、

街道に佇《たたず》み見送った。

「あんちゃん、とうとう行っちまった……」

おきちがぽつりと呟く。

おりきはおきちの背に手を廻し、さっ、中に入りましょう、と促した。

三月もあと数日……。

御殿山《ごてんやま》の桜もほぼ葉桜《はざくら》となりかけているが、花見客は途絶《とだ》えても、汐干狩客や参勤交代はまだ暫く続く。

そんな中、再び、おまきが下高輪台を訪ねる日がやってきた。

前回のこともあり、おまきは重苦しいものを胸に抱え、途中、豆腐屋《とうふや》で豆腐を半丁《はんちよう》求めると、春次の仕舞た屋へと向かった。

豆腐は八盃豆腐《はちはいどうふ》にして、出掛けに弥次郎に無理を言って分けてもらった烏賊《いか》ゲソと里芋《さといも》の煮物を作るつもりである。

ところが、腰高障子を開けると、どうしたことか、お京が慌てふためいたように土間に飛び下りてきて、おまきの腕を摑《つか》むと早く上がれとばかりに引っ張った。

こんなことはこれまでなかったことなので、おまきには何がなんだか解らなかった。

とにかく、お京に引っ張られるまま食間に上がると、太助が紅《あか》い顔をして板間に転がっているのが目に入った。

その傍に幸助と和助が呆然としたように立ち竦み、ぐずる太助を見下ろしている。

あっと思ったおまきは、太助の額に手を当てた。

「酷い熱じゃないか！　おとっつァんは？」

そう叫び、さっと仕事場へと目をやったが、春次の姿はそこにはなかった。

「お京ちゃん、おとっつァんはどこに行ったのさ！」

おまきは上擦《うわず》った声で問いかけたが、お京から答えはなく、仕方なく、幸助に視線を移した。

「おとっつァん、田原町《たわらまち》に行った……」

幸助が鼠鳴《ねずみな》きするような声で呟く。

「田原町？　ああ、出来上がった位牌を納《おさ》めに行ったんだね？　それで、太助ちゃんはいつからこうなんだい？」

「中食のときから……」

「違わい！　朝餉を食べた後、吐いたんだよ。中食はねえちゃんが食べさせようとしても食わなかったんだ」

五歳の和助のほうがしっかりしている。

「そうなの？　お京ちゃん」

おまきがお京に目を据える。

お京は上目におまきを窺い、こくりと頷いた。

「おとっつァんは？　そのとき、おとっつァんはいたんだろ？」

が、相も変わらずお京は答えようとはせず、代わりに和助が答えた。

「いたけど、欲《ほ》しがらねえ奴に食わせるこたァねえと言っただけで、中食を済ませると田原町に出掛けちまったんだ」

「駄目だよ、このまま放ってたんじゃ！　医者に診《み》せなきゃ……。掛かりつけの医者はどこだえ？」

おまきが甲張《かんば》った声を張り上げる。

三人の子はとほんとした顔をして、圧し黙った。

「掛かりつけだよ。風邪《かぜ》を引いたりお腹を下《くだ》したら診てもらう医者があるだろ？」

和助がううんと首を振る。

「ううんって……。えっ、おまえたち、医者に掛かったことがないのかえ？」

幸助と和助がこくりと頷く。

これでは、おてちんである。

普通に考えれば、これまで医者と縁がなかったということは、よほど皆が息災であったのか、それとも、病に対してあまりにも無関心なのか……。

といっても、春次はこれまでに女房二人を病で失っているのである。

おまきには解《げ》せないことだらけだが、だからといって、安閑《あんかん》としているわけにはいかない。

この家族に掛かりつけの医者がいないのであれば、南本宿《みなみほんじゅく》の内藤素庵《ないとうそあん》を頼るより仕方がないだろう。

おまきは太助を抱え上げると、仕舞た屋を飛び出した。

「待ってよ！　どこに行くのさ……」

背後から、お京が鳴り立てる。

「決まってるじゃないか、医者に診せるのさ！」

「おばちゃん一人に行かせないからね！　あたしもついて行くんだから……」

「ああ、ついて来たけりゃ来るがいいさ！」

おまきは振り返ろうともしなかった。

が、何故かしら、おかしさと忌々しさが綯《な》い交《ま》ぜになって衝き上げてくる。

おまきが下高輪台に通うようになってから、お京が初めて口を利いたのが、この言葉だとは……。

だが、そんなことはどうでもよい。

とにかく、素庵に太助を診せるのが先決である。

おまきは前後を忘れ、太助を抱えたまま南本宿へと急いだ。

二歳とはいえ、ぐったりとした太助は重く、腕が痺《しび》れるようである。

それでも、おまきは速度を弛めることなく、ときには小走りになって、素庵の診療所へと急いだ。

やっとの思いで診療所に辿《たど》り着いたときには、全身汗まみれ……。もう瞬時《しゅんじ》も立っていられないほど疲れ果てていた。

暫くしてようやく辿り着いたお京も、上がり框《かまち》に突っ伏し、ぜいぜいと肩息を吐いて口も利けない状態だった。

素庵の診立《みた》ては、太助の病は麻疹《はしか》ということだった。

「麻疹……」

おまきの顔から色が失せた。

岡崎にいた頃のことを思い出したのである。

当時住んでいた裏店で、子供たちが次々と麻疹に罹《かか》り、幼い生命《いのち》が二人も失われた。

幸い、おまきも弟たちも軽くて済んだのであるが、我が子の亡骸《なきがら》に縋《すが》って泣き叫ぶ近所の母親の姿が、現在《いま》でも、おまきの眼窩《がんか》に焼きついている。

「まだ発疹《ほっしん》は出ていないようだが、口の中に赤みを帯《お》びた白い斑点《はんてん》が出ているのでな。コプリック斑というのだが、これが麻疹の特徴とされ、潜伏期《せんぷくき》をすでに過ぎ現在《いま》がもっとも感染力の強いとき……。この子に兄姉《きょうだい》はいるのかな?」

素庵に言われ、おまきがお京を振り返る。

「ええ、この娘《こ》が姉ですが、他に八歳と五歳の男の子が……」

素庵がお京を傍に呼ぶと、口を開けさせたり、着物を脱がせて身体を診た。

「この娘《こ》の場合は潜伏期と思えるが、他の二人はまだ発熱していないのだな?」

「ええ……」

「では、これから言うことをよく聞くのだ。三、四日もすれば全身に斑状丘疹《はんじようきゆうしん》が出る。が、三日もすれば治《おさ》まり快復期《かいふくき》へと向かうだろう。が、万が一、重症麻疹《じゆうしようましん》や紫麻疹《むらさきばしか》の症状が見られたら、すぐにわたしに知らせるのだ」

「重症麻疹や紫麻疹とは……」

「重症麻疹は肺炎《はいえん》や心不全《しんふぜん》に繫《つな》がる内攻型《ないこうがた》で、紫麻疹は皮膚や粘膜《ねんまく》から出血し、高熱、痙攣《けいれん》を伴《ともな》う重症出血麻疹《じゆうしようしゆつけつはしか》で、どちらも昏睡《こんすい》、呼吸困難を引き起こし生命《いのち》に関わる……。だが、麻疹に罹ったからといって、すべての者が重症になるわけではない……」

おまきは生命《いのち》に関わるという言葉に、わなわなと顫えた。

再び、岡崎でのことを思い出したのである。

「ところで、おまえとこの子の関係は？　親はどうしている……」

素庵がおまきの目を瞠める。

「立場茶屋おりきの女将さんに許しを貰って、五日に一度、半日だけ、あたしがこの子たちの世話をしてるんです。この子たちに母親はいません。父親は居職《いじよく》の位牌師だけど、現在《いま》は出来上がった位牌を納めに田原町まで出掛けていて……」

ほう……、と素庵はおまきを睨《ね》めつけた。

どうやら、語らずとも事情を察したようである。

「では、おまえに説明しておこう。最初《はじめ》に言っておくが、麻疹に効《き》く特効薬《とっこうやく》はない。せいぜい解熱剤《げねつざい》を調剤《ちょうざい》することしか出来ないが、極力《きょくりょく》身体を温め発汗《はっかん》させるように……。発疹後、再び高熱が出るが、発疹が褐色《かっしょく》にならなければ快復期に向かったと考えてもよいだろう。その間、水分を充分に摂らせること……。白湯《さゆ》か温かい麦湯《むぎゆ》か葛《くず》湯《ゆ》を飲ませるのだ。おまえは五日に一度、半日だけ子供たちの世話をしていると言ったが、これから四人の子に次々と麻疹の症状が出るだろうから、ずっと傍についていたほうがよいと思うが、可能かな?」

素庵に睨めつけられ、おまきは狼狽《うろた》えた。

可能かと訊《き》かれても……。

「そんなに茶屋を休めないというのであれば、わたしから女将に渡《わたり》をつけてもよいが……」

おまきがつと目を上げる。

「大丈夫です。あたしが責任を持って、この子たちの面倒を見ます。女将さんも事情が解れば、許して下さると思いますんで……」

おまきはそう言うと、さっとお京に視線を移した。

「いいね、お京ちゃん、おまえは気に入らないかもしれないが、誰かが傍についていなきゃならないんだ。おまえは自分がいればと思うだろうが、おまえだってこれから熱が出るかもしれないんだよ? 幸い、おばちゃんは子供の頃に麻疹に罹ったんで、もう移ることはないんだ……。だから、皆が治《なお》るまでの間、辛抱しておくれ。いいね?」

「………」

お京は俯《うつむ》いたまま、顔を上げようとしなかった。

素庵もどうやら複雑な事情がありそうだと判断したようで、それ以上深く追及しようとはせず、代脈《だいみゃく》（助手）に解熱剤の調剤を命じると、病中の食事について説明した。

お京は観念《かんねん》したのか、診療所を辞してからも潮垂《しおた》れたままである。

おまきは街道まで出て四ツ手を見つけると、手を挙《あ》げた。

太助を乗せようと思ったのだが、幸い、傍に寄ってきたのは顔見知りの六尺《ろくしゃく》（駕籠《かご》昇《か》き）だった。

「おっ、おまきじゃねえか！」

茶屋の常連、孫市《まごいち》と草太《そうた》である。

「済まないけど、この子を下高輪台まで乗せてってくれないかえ？　身体の具合が悪いんで、ゆっくり運んでくれると有難いんだけど……。あたしが四ツ手の傍について歩くからさ」

「呑込承知之助《のみこみしょうちのすけ》！」

「おまきが子連れとはよ……。まさか、おめえの餓鬼ってわけじゃねえだろうな？」

「てんごうを！　知り合いの子さ」

太助は四ツ手に乗せられると、心細そうに半べそをかいた。

「お京ちゃん、おまえも一緒に乗るかえ？　ねっ、孫市さん、子供だもの、二人乗っても構わないよね？」

「ああ、構わねえ。さっ、乗った、乗った！」

お京が怖々《こわごわ》と四ツ手に乗り込む。

おまきは後棒に寄り添うようにして、歩いて行った。

そろそろ七ツ半になるのであろうか。

暮れ泥《なず》む春ゆうべ、一歩一歩と脚を前へと踏み進めながら、これからどうなるのであろうか、とおまきは一抹《いちまつ》の不安を覚えた。

が、考えてみたって仕方がない。

現在《いま》は、こうするよりほかにないのであるから……。

女将さん、これでいいんですよね？

おまきは胸の内で、そう、おりきに問いかけてみた。

えい、ほっ、えい、ほっ……。

ゆっくりと四ツ手を進める六尺の声に、どこかしら春愁《しゆんしゆう》が漂っているように思うのは、おまきの気のせいであろうか……。

鳥雲に

「そうけえ……。じゃ、おまきはここ一廻《ひとまわ》り（一週間）ほど春次《はるじ》の仕舞《しも》た屋に泊まり込んでるってんだな」

亀蔵《かめぞう》親分が継煙管《つぎきせる》に甲州《こうしゅう》（煙草《たばこ》）を詰めながら、ちらとおりきを窺《うかが》う。

「ええ……。診療所から連絡が入るまで、わたくしどもでは何も知らなかったものですから、驚いてしまいました。けれども、素庵《そあん》さまが子供たちの傍《そば》についているようにとおまきに言われるのは当然のことですからね。茶屋のことは気にせずに心ゆくまで看病をしてやるようにと、下高輪台《しもたかなわだい》まで遣《つか》いを走らせましたのよ」

おりきが茶を淹《い》れると、菓子鉢の蓋《ふた》を開け、お一つどうぞ、と幾世餅《いくよもち》を勧《すす》める。

亀蔵の目がパッと輝く。

「幾世餅じゃねえか！　俺《おり》ゃ、こいつに目がなくてよ……」

そう言い、煙草盆《たばこぼん》に煙管を戻すと、早速《さっそく》、幾世餅に手を伸ばす。

「こいつがあるってこたァ、誰かが両国《りょうごく》まで行ったってことかえ？」

「ええ、吾平《ごへい》が小梅村《こうめむら》まで行って来ましてね。その帰りに買って来てくれたのです

「吾平が？　あっ、そうか、近江屋《おうみや》にいた女中の、ええと……、なんてったっけ？」

よ」

「おきえさんですか？」

「そう、そのおきえの墓に詣《まい》ったんだな？」

「ええ、なんでも本所荒井町《ほんじよあらいちよう》の泉龍寺《せんりゆうじ》に墓所《はかじよ》が求められたとかで、いずれ吾平もそこで一緒に眠るべく、夫婦墓《めおとばか》を建てることになりましてね」

おりきがそう言うと、亀蔵は幾世餅を喉《のど》に詰まらせそうになり、慌てて湯呑《ゆのみ》に手を伸ばした。

「その話は耳にしていたが、じゃ、吾平は本気だったというんだな？」

亀蔵が目をまじくじさせる。

「勿論《もちろん》、本気ですことよ。当初は小梅村の近くに墓所を探したようですが、結句、泉龍寺に決めましてね。なんとか四十九日に間に合うように墓碑《ぼひ》が出来ましたの。吾平の話では、おきえさんの名前の隣に俗名《ぞくみよう》で吾平と赤文字で記《しる》したそうですわ」

「吾平の奴、心憎《こころにく》いことをしやがって……」

亀蔵が芥子粒《けしつぶ》のような目をしばしばと瞬《しばたた》く。

「さぞや、おきえさんも草葉《くさば》の陰でお悦《よろこ》びのことでしょう。やっと、好いた方と添《そ》えたのですものね」

おりきの胸も熱くなる。

当時近江屋の下足番を務《つと》めていた吾平は、他の女中に比べてどこかしら控《ひか》えめなおきえとは、十五年ほど前、近江屋の女中をしていた女《おな》ごである。

吾平からみればおきえは妹のような存在で、女ごとして意識したことなど一度もなかったので、まさか片惚《かたぼ》れをされるとは思ってもみなかったのである。

だから、おきえから小梅村の実家《さと》で縁談があり、帰って来るようにと言われているが、自分はおまえのことが寝ても覚めても頭から離れないと打ち明けられたときも、自分は誰とも所帯を持つ気はない、と木で鼻を括《くく》ったような言い方をして突っぱねた。

それで諦《あきら》めたのか、おきえは小梅村へと帰って行き、先《さい》つ頃まで、吾平はおきえが嫁に行ったとばかり思っていたのである。

ところが、たまたま出会《でくわ》した、以前近江屋で追廻《おいまわし》をしていた男から聞いた話では、おきえは祝言《しゅうげん》のその晩、新枕《にいまくら》の閨《ねや》から逃げ出し、大川《おおかわ》に身を投げてしまったという。

幸い、周囲《まわり》にいた者が川に飛び込み、おきえはすぐに引き上げられたが、それが原《も》因《と》で嫁《とつ》ぎ先から離縁されたばかりか、肺に障害が残り、以来、半臥半生《はんがはんしょう》の身の有りつきとなったが、それも此《こ》の中衰弱《じゆう》が著《いちじる》しく、もう永《なが》くは保《も》たないというのである。

現在《いま》は向島《むこうじま》の山藤庵《やまふじあん》で焼方《やきかた》を務めているというその男は、向島、小梅村界隈《かいわい》では、おきえのことを惚《ほ》れた男への未練から婚礼の晩に逃げ出した不実女《ふじつおんな》と、面白《おもしろ》おかしく噂《うわさ》しているとも言った。

男はおきえの惚れた男がまさか吾平とは思わずに話したのであろうが、その言葉は、吾平の胸をぐさりと刺した。

おきえがそこまで自分を慕《した》っていたとは……。

しかも、そのために生命《いのち》を捨てようとしたとは……。

吾平は居ても立ってもいられなくなり、男から聞き出したおきえの実家《さと》を訪ねることにした。

朝方、客の履物《はきもの》を揃《そろ》えていると、どういうわけか、吾平の雪駄《せった》の緒《お》がプツリと切れ、不吉な想《おも》いに全身が粟立《あわだ》ち、何がなんでもおきえに逢《あ》わなければと矢も楯《たて》も堪《たま》らなくなったのである。

ところが、ひと足遅かった。

小梅村に駆けつけてみると、おきえはその日の早朝息を引き取ったというのである。

隙間《すきま》だらけの納屋《なや》に、ひっそりと寝かされたおきえ……。

不実女と陰口《かげぐち》を叩《たた》かれ村八分《むらはちぶ》となったおきえには、老《お》いた双親《ふたおや》のほかには見送る者もいなかった。

吾平は旅籠《はたご》に断りを入れずに飛び出して来ていたので、野辺送《のべおく》りに立ち会うことは無理としても、せめて通夜《つや》だけでもおきえの傍についていてやりたいと思った。

そうして、おきえの双親が眠りに就《つ》くと、吾平はおきえの亡骸《なきがら》に語り続けた。

今頃やって来て、済まなかった、許してくれと頼んでもおめえは許してくれねえかもしれねえが、俺はおめえを好いていなかったんじゃねえ、勇気がなかったんだよ。こんな体《てい》たらくな男に生命《いのち》を賭《か》けてくれたおめえに、俺ヤ、誓うからよ、今この瞬間が、俺とおめえの祝言だ……、今日から、おめえを俺の女房として胸の中に留《とど》めるからよ、おっつけ、俺もそっちに行くから、それまで待っていてくれねえか、まだ、俺には立場茶屋《たてばぢゃや》おりきでやり残したことがある、それが終われば、おめえの傍に行くから、ちゃんと居場所を空《あ》けて待っててくれや、おきえ、寂《さみ》しがるな、これからは、おめえは俺の心の中にいるんだからよ……。

吾平はおきえの亡骸にそっと身体《からだ》を寄せ、ひんやりとしたその頬《ほお》に唇を合わせた。

夫婦墓を建て、おきえと共に眠ろうと決めたのも、そのときである。

おきえの気持に気づかなかったわけではない。

気づいていても、吾平には所帯を持つ勇気がなく、それで敢《あ》えて、おきえを女ごとしてではなく妹と思おうとしたのである。

済まなんだ……。許してくれ……。

何度、そう囁《ささや》いたであろう。

が、たった今、おきえは自分の女房となったのである。

おきえ、本当は生きているときに連れ添ってやるべきだったが、これからは、俺とおめえはいつも一緒だからよ……。

翌朝、吾平はおきえの双親に必ず自分が墓を建ててやるので、火葬《かそう》にするようにと言い置き品川宿《しながわしゅく》に戻った。

そうして、無断で旅籠を空けてしまったことをおりきに詫《わ》び、改めて、墓を建ててやりたいので半日暇をくれないかと願い出たのである。

「けどよ、確か、おきえの墓は当分墓標《ぼひょう》で済ませ、夫婦墓にするのはもっと先ってことじゃなかったっけ……」

亀蔵が訝《いぶか》しそうな顔をする。

「ええ、そのつもりだったのですがね。泉龍寺に墓所を求めた際、ご住持《じゅうじ》が石工《いしく》を紹介して下さいましてね。思ったより安く建てられそうだと判《わか》り、ならば四十九日に間まっ、どのみち俺にとっちゃ相伴《しょうばん》に与《あずか》れたんだから、結構毛だらけ忝茄子《かたじけなすび》ってなもんでよ！」

「そうかよ。それで、帰《けえ》りに若松屋《わかまつや》に寄って幾世餅を買って来たってわけか……。

に合うようにということになったのですよ」

亀蔵はにっと笑うと、食べかけの幾世餅を口に放《ほう》り込んだ。

幾世餅は元禄《げんろく》の頃両国橋詰めで小松屋《こまつや》が売り出し、忽《たちま》ち江戸名物となった餡《あん》入り焼き餅であるが、その名の由来《ゆらい》は、小松屋の主人《あるじ》喜兵衛《きへえ》の女房幾世から来たといわれ、幾世が吉原《よしわら》の女郎上がりだったことから、川柳《せんりゅう》のばれ句（卑猥《ひわい》な川柳）に取られることが多かった。

その後、幾世餅は両国の若松屋が名代《なだい》となって現在に至《いた》っているが、加増餅《かぞうもち》、鹿子餅《かのこもち》と並び、江戸名物と評されている。

亀蔵は幾世餅を食べ終えると、先ほど吸おうとした継煙管を再び口に銜《くわ》え、改まったようにおりきを見た。

「で、餓鬼《がき》の容態《ようだい》はどうなんでェ」

おりきは亀蔵の湯呑に二番茶を注《つ》ぎながら、ふっと頰を弛《ゆる》めた。

「ええ、四人とも峠を越えたみたいですわ。最初《はじめ》に麻疹《はしか》の症状をみせた末の男の子が一番酷《ひど》かったようですが、上の二人の男の子もお京《きょう》ちゃんも比較的軽くて済んだとか……」

「けど、よくあのお京がおまきが泊まり込んで世話をすることに抗《あらが》わなかったよな？　まっ、病《やまい》に罹《かか》って抗うだけの気力がなかったのかもしれねえがよ」

亀蔵が灰吹《はいふ》きに雁首《がんくび》を打ちつける。

「それもあるのでしょうが、お京ちゃんて、あれでなかなか賢《さと》い娘《こ》ですからね。おまきにいてもらわなければ、とても自分の手では弟たちの看病が出来ないと思ったのでしょうよ。わたくしも病の子供たちのことが気にかかり、一度、下高輪台まで見舞いに行きましたの。するとどうでしょう。二階の二間を病間《びょうま》に設《しつら》え、その一間にお京ちゃんと上の二人の男の子を寝かせ、その隣の春次さんの部屋に、末の男の子とおまきが眠っているというではありませんか……。そうすると、どちらの部屋にも目が届きますからね。結句、春次さんは階下に押しやられた恰好《かっこう》で、あの家はもうすっかりおまきに仕切られているのですものね」

おりきがくくっと肩を揺《ゆ》らす。

「へっ、春次も形《かた》なしじゃねえか！　てこたァ、春次は仕事場で寝起きしてんのかよ？」

「そのようですね。春次さんもおまきに感謝しているようでしてね、大切な店衆《たなし》を取り上げることになり申し訳ないと、わたくしに何度も頭を下げられました」

「で、どうなんでェ……。まさか、このままおまきがあの家に後添《のちぞ》いとして入《へえ》ることになるんじゃなかろうな？　そのことについて、春次やおまきと話したのかよ」

亀蔵がおりきの顔に目を据《す》える。

「いえ、そのことには触れていませんのよ。子供たちの麻疹を出しにして、そのままずるずるというのでは、いかになんでも……。おまきもそのつもりはないでしょうし、此度《こたび》のことで、お京ちゃんとの溝《みぞ》がいくらかは埋まったとしても、区切《けじめ》はつけなくてはなりませんからね」

「まっ、それが理道《りみち》ってもんだな……。すべては、おまきが戻って来てからのことよ！」

亀蔵が、どれ！　と掛け声をかけて立ち上がる。

どうやら、見廻りに戻るようである。

貸本屋謙吉《けんきち》の女房お杉《すぎ》が風呂敷包《ふろしきづつ》みを開くと、二段重ねの重箱を取り出し、ほら、美味《うま》そうだろう？　と蓋を開けてみせる。

あすなろ園の子供たちの顔がパッと輝く。

「わっ、ぼた餅だ！」

「それもこんなに沢山！　おばちゃん、どうしたの？」

おいねとみずきの燥《はしや》ぎ声に、お杉は満足そうに目を細めた。

「おまえたちに初めて逢えると思うと、嬉《うれ》しくってさ！　今朝早起きして作ってきたんだよ」

高城貞乃《たかぎさだの》が恐縮《きようしゆく》したように腰を折る。

「申し訳ありませんね。こんな気遣いをなさらなくても宜《よろ》しかったのに……」

「そうですよ。いつも謙吉さんが子供たちに赤本《あかほん》（絵双紙《えぞうし》）を持って来て下さるだけでも有難《ありがた》いというのに、このうえ、おかみさんまでが気を遣って下さるなんて……」

旅籠衆《はたごし》の賄《まかな》いを終えてあすなろ園に戻って来た榛名《はるな》も、気を兼ねたように頭を下げる。

重箱の中には、餡こと黄な粉のぼた餅が碁盤《ごばん》の目のように交互に詰められていた。

「なに、こいつは面倒を見なくちゃなんねえ子もいなければ姑《しゆうとめ》もいねえとあって、あっしが貸本を担《にな》って裏店《うらだな》を出ちまうと、暇を持て余していやすからね。それでというわけでもねえのだろうが、あっしが家に帰《けえ》ってあんましあすなろ園の話をするもんだから、おまえさんばかり子供と遊ぶなんて狡《ずる》いじゃないか、一度自分も連れてってくれと、此の中、やいのやいのと煩《うるさ》くてよ……。仕方がねえもんだから、夕《ゆん》べ、明日連れて行くと約束したところ、これはなんでも子供たちに美味《うめ》ェぼた餅を馳走《ちそう》しなくちゃと、朝っぱらから浮き立っちまってよ。正《まさ》な話、美味《うめ》ェかどうか判らねえが、まっ、お口汚《くちよご》しにどうか食べてやって下せえ……」

謙吉が照れ臭そうに月代《さかやき》を掻《か》く。

お杉は謙吉より二つ三つ歳上《としうえ》であろうか、小太《こぶと》りで人の善《よ》さそうな面差《おもざ》しをしていた。

早速、榛名とキヲが小皿にぼた餅を取り分けていく。

「ひィふゥのみィ……」

何かにつけて抜け目のない勇次《ゆうじ》が、重箱の中のぼた餅と頭数《あたまかず》を数え、首を捻《ひね》る。

「ぼた餅は餡こが十二個で黄な粉が十二個……。全部で二十四個だろ？　それでっと、海人《かいと》ちゃんと茜《あかね》ちゃんを入れて、子供が九人で、今ここにいる大人が五人……。てこたァ、一人が二個ずつ食ったら四個足《た》りねえし、一個ずつだと十個も余っちまうんだぜ？　参ったなァ、一体《いってえ》どうしたらいいんだか……」

大人たちは顔を見合わせ、ぷっと噴《ふ》き出した。

「まっ、勇ちゃんたら賢《さか》しらなことを！」

「こういったことにだけは小才《こさい》が利《き》くんだからさ」

「勇次、参るこたァねえんだよ！　お杉はおめえら子供たちに食わせてェと思って作ってきたんだから、おめえらが思う存分食ったらいいんだよ」

「ヤッタ！」

謙吉に言われ、勇次が嬉しそうに腕を突き上げる。

「あら、良かったこと……。けど、小中飯《こじゅうはん》（おやつ）を食べ過ぎて夕餉《ゆうげ》が食べられなくなって、榛名さんに叱《しか》られてもしらないからね！」

キヲが子供たちの前に皿を配りながら言う。

子供たちの取り皿には、餡こと黄な粉のぼた餅が一つずつ並べられていた。

そうして、謙吉とお杉の前にはぼた餅が一つ……。

「あら、本当に、あたしたちはいいんですよ」

「まあ、そうおっしゃらずに一つだけでも……。それでないと、わたくしたちが相伴に与ることが出来ませんもの」

貞乃がそう言い、湯呑を配る。

謙吉がお杉に目まじする。

「貞乃さまがおっしゃるとおりだ。俺たちが食わなきゃ、キヲさんや榛名さんが食いづらくなる……。じゃ、頂《いただ》こうじゃねえか」

謙吉に言われ、お杉が気を兼ねたようにぼた餅に手を出す。

「美味《うめ》ェ！」

勇次が口の周囲《まわり》を黄な粉でべとべとにして、なっ、と隣に坐《すわ》った悠基《ゆうき》の顔を覗《のぞ》き込む。

「ホントだ！　黄な粉の中にも餡が入ってるんですね」

「これだけの量を作るのは大変だったでしょうに……」

キヲと榛名も口々に言う。

「いえ、神田同朋町《かんだどうぼうちょう》にいました頃にはお端女《はした》と一緒にあたしも店衆の賄いを手伝ってきましたでしょう？　春の彼岸《ひがん》にはぼた餅、秋にはおはぎ……。そればかりか、鏡汁《かがみじる》や小正月の小豆粥《あずきがゆ》、事始《ことはじめ》のお事汁《ことじる》と、物日《ものび》のたびに店衆に振る舞ってきましたからね。それが、現在《いま》では亭主とあたしの二人だけ……。寂しい限りです。ですから、今日は嬉しくって！　だって、子供たちがこんなに悦んでくれるのですもの……。ねっ、皆《みんな》、おばちゃん、また作ってきてあげるからね！」

「ヤッタ！」

「ヤッタ！」

勇次につられて、悠基も腕を突き上げる。

お杉は感極《かんきわ》まったように、目許《めもと》を潤《うる》ませた。

「やっぱいいねえ、子供って……」

「おい、おめえ！」

謙吉が慌ててお杉を小突く。

「済みやせん……。こいつ、終《つい》しか子供に恵まれなかったもんで、子供を見るといつもこの調子で……」

お杉が照れたように、袂《たもと》で目尻を拭《ぬ》ぐう。

すると、みずきがお杉の傍に寄って行き、耳許《みみもと》で何やら囁いた。

お杉の顔が輝く。

「まあ、この娘《こ》ったら……」

「えっ、なんて言ったのかよ？」

謙吉が身を乗り出す。

「この娘《こ》ったら、言うことが可愛《かわい》くて……。おばちゃん、みずきがおばちゃんの子供になってあげるから、いつでも遊びにおいでよって……。まあ、なんて優《やさ》しいことを言ってくれるんだろう」

「なんだよ、みずきちゃんばっかり狡いじゃないか！　おばちゃん、おいねもおばちゃんの娘《こ》になってあげるからさ」

おいねが負けじと声を張り上げ、お杉の傍に寄って行くと、続いて、おせんや勇次、悠基までもが……。

その後から、なつめが脚《あし》を引き摺《ず》りながら寄って行く。

お杉の視線がなつめへと吸い寄せられた。

が、謙吉はお杉の様子に気づかないのか、極楽《ごくらく》とんぼにでれりと目尻を下げている。

「おい、お杉よ。こいつら嬉しいことを言ってくれるじゃねえか！」

と、そのとき、おせんが鼠鳴《ねずみな》きするような声で呟《つぶや》いた。

「おいねちゃんもみずきちゃんも狡い……。二人ともおっかさんがいるくせしてさ！　悠基ちゃんと茜ちゃんにはおとっつァんがいるし、誰もいないのはあたしとなつめちゃんだけなのに……」

まったく、子供というものは何を考えているものやら……。

まさかこの機に乗《じょう》じて、おせんが自分とみずきたちの立場の違いを訴《うった》えようとは思ってもみなかった。

ところが、勇次が透《す》かさずおせんを制した。

「誰もいねえのは、なつめとおめえだけじゃねえぜ！　おいらにもいねえし、卓《たく》あんちゃんだっていねえんだ。おせん、めそめそすんなよ」

「はいはい、もうそこまで……。皆、何を言ってんだよ！　おまえたちのおっかさんは貞乃さまだし、榛名さん、そしてこのあたしもだ。あっ、そうだ、肝心《かんじん》な女《ひと》を忘れちゃならないよ。おまえたちには立場茶屋おりきの女将《おかみ》さんという、頼もしいおっかさんがついてるんだからさ！　考えてもごらんよ。こんなに沢山のおっかさんがついている子供なんて、他にはいないよ。そこにまた、お杉さんという新しいおっかさんが加わったんだもの、こんなに心強いことはないじゃないか！　さっ、解ったら、ぼた餅を食っちまいな。食わないのなら、あたしが全部食っちまうからね！」

キヲが機転《きてん》を利かせて割って入ると、子供たちが盗《と》られてなるものかと、慌てて席に戻る。

お杉は皆の後から脚を引き摺りながら戻って行くなつめを見て、気遣わしそうに謙吉に囁いた。

「あの娘《こ》のことだね？」

「ああ……」

二人が意味ありげに目弾《めはじき》をする。

が、謙吉は子供たちに目を戻すと、ポンと手を叩いた。

「皆、この前《めえ》おじちゃんが持って来た赤本を読んだかな？」

「うん、読んだよ」

「あたしも！」

「そうけえ。じゃ、あとでいいから、次に読みてェ本を選んどいてくれ。それとも、勇次はそろそろ往来物《おうらいもの》がいいかな？　卓也《たくや》に負けねえように寺子節用錦袋鑑《てらこせつようきんたいかがみ》でも学んでみっか？」

「ええェ……。やァなこった！」

勇次がべっかっかんこうをしてみせる。

「勇ちゃん！」

貞乃が慌てて勇次を目で制した。

謙吉が苦笑する。

「ところで、現在《いま》、卓也は？」

「板場で追廻を助けていますの」

「じゃ、往来物を何冊か置いていきやすんで、あとで渡して下せえ」

「いつも済《す》みませんね。謙吉さんのお陰であの子もますますやる気が出たようで、板場の手伝いを終えると、毎日、書物に没頭《ぼっとう》していますのよ。往来物も応用編はほぼ習得したと思えるのに、根が学問好きなのでしょうね。疲れているだろうから早くお休みと言っても、皆が寝静まった後もまだ書物に向かっていますの」

貞乃が奥歯にものが挟《はさ》まったような言い方をする。

板前になるのが夢だといい、自《みずか》ら旅籠の追廻修業に手を挙《あ》げた卓也だったが、まさか、ここまで学問に執着《しゅうちゃく》するとは……。

決して、板前になるのに学問は要《い》らないとまでは言わないが、此の中、卓也が四書《ししょ》五経《ごきょう》などの漢籍《かんせき》にまで興味を示そうとするのを見るにつけ、果たして、このまま板前の道へと進ませてよいものかどうか……。

恐らく、貞乃の中に、そんな迷いが生じたと思える。

「貞乃さま、案じるこたァありやせんよ。人間、学べるときに学んでおかなきゃ……。あっ卓也が先々どの道に進もうと、学んだことは決して無駄にはなりやせんからね。あっしみてェに三十路《みそじ》も半《なか》ばに差しかかると学ぶ気力も湧《わ》いてこねえが、いってみれば卓也は名草《なぐさ》の芽……。注《そそ》がれた水をふんだんに吸い込み、どんどんと成長していくんだからよ。じゃ、あっしらはこの辺で……」

謙吉がお杉を促《うなが》し、立ち上がる。

「あら、もう……。ゆっくりなされば宜しいのに……」

「いや、それが、女将さんにまだ挨拶《あいさつ》をしていねえもんで……。本郷《ほんごう》に帰《けえ》る前《めえ》に、もう一度こちらに顔を出しやすんで……」

謙吉がちょいと会釈《えしやく》をすると、荷物を置いていくのでゆっくりと赤本を選ぶように、と子供たちに言い置き、あすなろ園を出て行く。

あっと、キヲが榛名を振り返る。

「女将さんに挨拶をするのなら、このぼた餅を持ってったほうがいいのじゃないかえ？」

「そうだよね。まだこんなに余っているんだもんね」

榛名の言葉に、勇次が、ええェ、持って行っちまうのかよ！と頬を膨《ふく》らませる。

「何言ってんだよ！　欲の皮を突っ張らせても、おまえたちだけで食べきれるわけじゃないだろうに！」

キヲがめっと勇次を睨《ね》めつけ、重箱を手に謙吉を追いかける。

「あぁァ、ぼた餅、行っちまったよ……」

勇次の潮垂《しおた》れぶりに、貞乃と榛名は顔を見合わせ、くくっと肩を揺すった。

「謙吉の女房、お杉にございます。いつぞやは義母《はは》の仏前に過分なお供えを賜《たまわ》り、まことに有難うございました」

お杉はおりきの前で深々と頭を下げた。

「いえ、どうぞもう頭をお上げ下され。お礼を言わなければならないのはわたくしどものほうで……。謙吉さんにはいつもあすなろ園の子供たちが世話になり、感謝していますのよ」

「いえいえ、感謝しなければならないのはこちらのほうで……。にこにこ堂が身代限《しんだいかぎ》りをしてからというもの、すっかり気落ちしたこの人に生気が戻ったのは、義母《はは》が生前こちらで世話になったという話を聞き、ならば、お袋がやり残したことを自分が引き継《つ》ごうではないかと、あすなろ園の子供たちと接するようになってからですもの。生き甲斐《がい》を見出《みいだ》すことがこれほど大切なことだったとは……。あたし、本当にこちらさまには感謝していますのよ」

「そう言っていただけると嬉しゅうございます。この世は持ちつ持たれつですものね。さっ、どうぞ、お茶を召し上がって下さいな」

おりきが謙吉とお杉に喜撰《きせん》を勧める。

「女将さんこそ、宜しければぼた餅をお一ついかがでしょう……。あたしが作ったものので美味《おい》しいかどうか判りませんが、初めてお伺《うかが》いするというのに、こちらさまのような料理旅籠に何をお持ちすればよいのか迷いましてね。それで、ぼた餅なら子供たちが悦んでくれるのではないかと思い、作ってみましたの」

お杉が気を兼ねたように、重箱を差し出す。

子供たちが既《すで》に食べた後とあり、重箱の中にはぼた餅が五つしか残っていないが、おりきは嬉しそうに頬を弛《ゆる》めた。

「まあ、美味しそうですこと！　お杉さんの手作りと聞いたからには、それはなんでも頂きませんとね。それで、お二人は？」

「いえ、あっしらはあすなろ園で子供たちと一緒に食べやしたんで……。なんだか残り物を持って来たみてェで心苦しいのでやすが……」

謙吉が上目《うわめ》におりきを窺う。

「子供たちのために作られたのですもの、当然ですわ。ということは、子供たちには充分行き届いたのですね？」

「ええ、赤児《やや》二人には榛名さんとキヲさんがご自分のぼた餅を分け与えていらっしゃったので、子供たちにはちゃんと二つずつ……」

「へっ、現在《いま》板場を助けている卓也のぼた餅もちゃんと残してありやすんで……」

「そうですか……。では、せっかくですので一つ頂いてみましょうね」

おりきが黒文字《くろもじ》でぼた餅を取り皿に取り分ける。

お杉はおりきの反応が気になるとみえ、そわつく気を鎮《しず》めようと、湯呑を口に運んだ。

が、茶を一服すると、信じられないといった顔をした。

「なんて甘いお茶でしょう。これはなんという銘柄《めいがら》なのですか？」

「喜撰ですよ」

「喜撰？　神田にいました頃、うちでも何度か客用に求めましたが、まあ驚いた……。こんなに美味しいお茶だったとは！」

「そりゃ、おめえの淹れ方が悪かったのよ。茶なんてもんはよ、心を込めて淹れなきゃ美味《うま》くはねえからよ！　おめえみてェにやっつけ仕事じゃ、美味《うめ》ェ茶は出せねえんだよ」

「おや、悪うござんしたね！」

謙吉とお杉の掛け合い漫談《まんだん》のような会話に、おりきがくすりと笑う。

「お茶はともかくとして、このぼた餅のなんと美味しいこと！　餡の甘さ加減《かげん》も絶妙ですことよ。このぼた餅こそ、お杉さんが心を込めて作られたことを物語っていますわ。やっつけ仕事ではとてもここまでの味は引き出せないし、子供たちを悦ばせたいとの思いで一杯なのがよく解ります。お杉さん、有難うございます」

おりきはそう言い、お杉の目を瞠《みつ》めた。

「そんな……。そう言われると、穴があったら入りたいくらいで……。実は、ぼた餅は義母《はは》の好物でしてね。義母《はは》は何をお作りしても満足な顔をされたことがなく、終しか、美味しいという言葉も聞けませんでしたが、唯一《ゆいいつ》、嬉しそうな顔をしてお代わりまでして下さったのが、このぼた餅でしてね……。あたし、その顔を見るのが嬉しくって！　それで、義母《はは》の笑顔見たさに、彼岸とは関係なく、月に一度はお作りして差し上げていたんですよ」

そう言ったお杉の表情を見て、おりきの胸が熱いもので一杯になる。

ああ、お銀《ぎん》さんは幸せだったのだ……。

お杉の言葉遣いや表情から見て、お銀がこの二人から慕われていたことは明白である。

幼い頃に火事で離れ離れとなった母お銀を捜《さが》し続け、苦境にありながらも担いの貸本屋で身代を起こし、神田同朋町ににこ堂という見世《みせ》を構えた謙吉……。

謙吉は母親が泣きのお銀と異名《いみよう》を取る掏摸《すり》だとも知らず、お銀を引き取ってからは二度と母親に苦労はさせないとばかりに、それこそ下にも置かない待遇をしたという。

亀蔵の話では、どうやらお銀は息子夫婦が自分に何もやらせてくれないと不満に思っていたようだが、謙吉もお杉も、お銀が言うように嫌《いや》がらせをしたわけではなかったのである。

謙吉もお杉も苦労してたたき上げてきただけに、老《お》いた母には楽隠居《らくいんきょ》させてやりたいと思ったのであろうし、それだけ二人は純な気持でお銀に接したのであろう。

それが、お銀に通じなかったとは……。

いや、通じなかったのではなく、お銀は敢えて二人の気持を見ないようにしたのではなかろうか。

役者と乞食《こじき》は三日やると辞《や》められないというが、巾着切《きんちゃくき》りも同様、一度《ひとたび》味を占めてしまうと、あのどきどきするような緊張感が忘れられなくなる。

ましてやお銀の場合は、仮病《けびょう》を装《よそお》ってみたり、誰しも貰《もら》い泣きをしてしまいそうな作り話をして同情を買い、相手が油断した隙《すき》を見て、懐のものを掠《かす》め取るのであるから、指先の技《わざ》に役者の要素までが加わり、その意味では、自己陶酔《じことうすい》の極《きわ》みといってもよいだろう。

それゆえ、にこにこ堂が身代限りをしたのはぼた餅で叩かれたのも同然で、お銀はこれ幸いとばかりに、再び二人の前から姿を消してしまったのである。

が、そんなお銀も寄る年波《としなみ》には敵《かな》わない。

日毎《ひごと》老いていく身に見切りをつけたくなり、それで、人生の幕引きのために品川宿に戻って来たのである。

お銀は永年《ながねん》鼬《いたち》ごっこを繰《く》り返してきた亀蔵の前に再び現れると、さあ捕《つか》まえてみろとばかりに盗みを働こうとしてみたり、何不自由のないご隠居を装い、小芝居を打って気を引こうとしたのだった。

そうして思い残すことなく亀蔵を掌《てのひら》で踊らせると、これでもう充分とばかりに、達成感の中でお銀は果てていったのである。

だが、このことは亀蔵とおりきの秘密で、何も知らない謙吉やお杉には今後も話すつもりはなかった。

「お杉さんはお義母《かあ》さまがお好きだったようですね」

おりきがそう言うと、お杉の代わりに謙吉が答えた。

「こいつは早くに双親を亡くしてやしてね。所帯を持ったとき、あっしが火事でお袋と離れ離れになったと聞き、生きているかもしれねえのに、捜すことを諦めてはならねえと励ましてくれやしてね。やっとお袋を見つけることが出来たときには、まるで自分の親が見つかったかのように悦び、些《いささ》か扱いにくいお袋でやしたが、それからは献身的《けんしんてき》に尽くしてくれやした……。息子のあっしが言うのもなんですが、お袋は多少旋毛曲《つむじま》がりでしてね。素直に物事が見られず、口に毒を持った言い方しか出来やせんでしたが、お袋がそうなったのはこれまでさんざっぱら辛酸《しんさん》を嘗《な》めてきたからだ、それで何事も背《そむ》けて言うようになったのだろうから、何を言われても柳に風と受け流し、温かい心で包み込んであげなきゃ……、とこいつが言いやしてね。あっしは頭が下がる思いでやした」

「嫌だよ、おまえさん。女将さんの前でそんなことを言っちゃ恥ずかしいじゃないか……」

お杉が照れたように謙吉の袖《そで》を引く。

なんという心温かい夫婦《めおと》であろうか……。

「お銀さんは幸せな方でしたのね。こんなに優しいお子に恵まれて……」

おりきがしみじみとした口調で言うと、謙吉は慌てた。

「天骨《てんこち》もねえ……。あっしは親不孝者でやす。お袋には生涯楽隠居《しょうげえ》をと思っていたのに、あっしが身代限りをしちまったばかりに、再び路頭《ろとう》に迷わせることになっちまったんでやすからね。最期《さいご》を看取《みと》ってやることが出来なかったのが、なんとしても悔《く》やまれてなりやせん……。けど、そのお袋があすなろ園の子供たちに尽くすことで生き甲斐を貰ったという話を聞いて、ほんの少し楽になりやした。と同時に、お袋のやり残したことを引き継ぐことで、あっしまでが生き甲斐を貰えたような気になりやしてね。これからも、あっしらに出来ることがありやしたら、なんでもやらせてもらうつもりでおりやす」

「そう言ってもらえると、わたくしも嬉しいですわ。子供って、本当に生きる勇気を与えてくれますものね」

おりきが微笑《ほほえ》むと、謙吉とお杉が顔を見合わせる。

「おまえさん……」

「ああ。思い切って言ってみような」

二人がおりきに視線を定める。

「何か……」

「実は、折り入って、女将さんにお願《ねげ》ェがございます」

「…………」

おりきは息を呑《の》んだ。

二人のこの真剣な面差《おもざ》しはどうだろう……。

「実は、あっしら二人には子がおりやせん。これまでは、それでもいつかはと望みを捨てておりやせんでしたが、あっしも三十路半ばで、こいつにいたっちゃ四十路《よそじ》に手が届こうという歳になり、そろそろ子を持つことは諦めなくちゃならねえかと思っていやした。ところがお袋に亡くなられてみると、この世で寄り添えるのは、こいつだけ……。子を育てることは悦びもあれば苦しみもあることは知っていやす。けど、その想いを味わえねえまま老いさらばえていくのかと思うと、やっぴし寂しくて……。で、こいつとも話したのでやすが、あすなろ園の子供たちの中から誰か一人、養子に貰えねえだろうかと思いやして……。駄目《だめ》でしょうか?」

謙吉がひたとおりきに目を据える。

いきなりのことで、おりきはと胸を突かれた。

だが、二人のこの神妙《しんみょう》な眼差《まなざ》し……。

無下《むげ》にあしらうわけにはいかないだろう。

「お二人の気持はよく解りました。けれども、誰か一人と言われましても……」

「ええ、ですからそれは……」

謙吉がひと膝《ひざ》前に躙《にじ》り寄る。

おりきは呼吸を整え、改まったように謙吉を瞠めた。


「おいねちゃん、みずきちゃん、海人ちゃんの三人には親がいるので論外《ろんがい》として、貞乃さまから聞いた話では、悠基ちゃんと茜ちゃんには父親《てておや》がいるが、捨てられたのも同然だとか……。子を育てるには赤児《やや》のときから育てるほうがよいと解っちゃいるんだが、そうかといって、二人の兄妹《きょうだい》を切り離すのは可《か》哀相《わいそう》でやすからね。となると、勇次、おせんちゃん、なつめちゃんの三人となるが、男の勇次はあっしらの手に負《お》えそうにありやせんからね。そこで、おせんちゃんとなつめちゃんの二人に的《まと》が絞《しぼ》られるわけだが、あの二人は歳も同じで性格も共に穏《おだ》やか……。違う点はといえば、なつめちゃんの脚が不自由なところだけ……」

　謙吉が太息《ふといき》を吐《つ》くと、お杉が透かさず割って入ってくる。

「違いはそこだけではありませんよ。おせんちゃんは勇ちゃんや卓ちゃん同様に二年前の地震で焼け出され、身内をそっくり亡くしちまったが、なつめちゃんは二月《ふたつき》ほど前に京からやって来たばかりってことも違いますからね」

「ええ、ですからね、こいつが、いや、あっしらが言いてェのは、おせんちゃんには以前からの仲間がいるが、なつめちゃんは独《ひと》りっきりってことで……。あっしが見たところ、此の中、なつめちゃんもやっと品川言葉に慣《な》れてきたみてェだが、相も変わらずおどおどと気後《きおく》れした様子でよ。言いてェことの半分も言えてねえし、何をするにも一番最後……。脚が悪いことがそうさせるのだろうが、新参者のうえに、これまで誰からも愛《いと》しく思われたことがねえからじゃなかろうかと、あっしはそう睨《にら》んでやしてね。その点、おせんちゃんは違う……。地震で母親を亡くすまでは、母娘《おやこ》して仲《なか》睦《むつ》まじく暮らしていたと聞きやしたからね。あっしはなつめちゃんの生《お》い立ちを聞いて、胸が詰まされるようでやした……。可哀相ではありやせんか。この世に生まれ落ちたときから誰からも疎《うと》まれ、まるで存在を否定されたかのような来《こ》し方をしてきたんでやすからね。なつめちゃんの脚も里親の不注意が原因《もと》であなったとか……。すぐさま医者に診《み》せていれば治《なお》っていたかもしれねえと思うと、あの娘が不憫《ふびん》で堪《たま》りやせん……」

謙吉がぐずりと鼻を鳴らす。

「あたしもこの男《ひと》からその話を聞きましてね。なつめちゃんのことが気懸《きが》かりでならなくなりました。人として生まれたからには、なつめちゃんにも幸せになる資格があるのですもの……。それで、あの娘《こ》を護《まも》ってやりたい、叶《かな》うものならあの娘《こ》の親になり、可愛がってやりたいと思いましてね」

お杉が縋《すが》るような目で、おりきを瞠める。

「では、なつめちゃんを養女にと?」

「駄目でしょうか……」

「駄目というわけではありません。お二人の話を聞いて、わたくしも養子に出すとすればなつめちゃんが一番適《かな》っているように思います。これは確認なのですが、目先の同情からなつめちゃんをと言っているのではないでしょうね? 先ほど謙吉さんもおっしゃいましたが、子を育てるうえでは悦びもあれば苦しみもあります。数々の苦難が行く手を阻《はば》むかもしれません。ましてや、あの娘《こ》は筆舌《ひつぜつ》に尽くしがたい身の有りつきをしてきました。幸い、その中にいても卑屈《ひくつ》になることはなく、なつめちゃんが真っ直《す》ぐな気持のままでいてくれたことは有難いのですが、多感《たかん》な年頃になると何があ

親身《しんみ》になって産《う》んだ娘として我が腹を痛めて産《う》んだ娘として親身《しんみ》に

るやもしれませんからね。それでも、お二人は我が腹を痛めて産《う》んだ娘として親身《しんみ》になってやり、決して匙《さじ》を投げ出さない覚悟をお持ちですか？」

おりきが謙吉とお杉に目を据える。

謙吉が大仰《おおぎょう》に頷《うなず》き、お杉がこくりと頷く。

「誓いやす！　何があろうと、あの娘を護ってやりやす」

「仮に、なつめちゃんが悩んだり苦しむようなことがあれば、あたしも一緒に悩みます。女将さん、解って下さい。あたしたちは決して同情や驕《おご》った気持であの娘《こ》を幸せにしてやろうと思っているのではなく、あの娘《こ》を育てることであたしたちが幸せを貰うのだということを……」

おりきは納得したように頷いた。

「解りました。では、あとは肝心《かんじん》のなつめちゃんの気持ですね。まずはわたくしから話し、なつめちゃんの気持を確かめますので、お二人はそれからということで宜しいかしら？」

「へっ、解りやした」

「ああ、良かった……。おまえさん、あたしはこんなに嬉しいことはないよ！　けど、えっ、まさか……。まさか、なつめちゃんがあたしたちの養女になるのを嫌がるってことはないでしょうね？」

お杉が途端《とたん》に不安の色を露《あら》わにする。

「まさか……。おめえは何かというと、そうして取り越し苦労をするんだからよ」

謙吉は悦びに水を差されたとでも思ったのか、忌々《いまいま》しそうに歯嚙《はが》みした。

「恐らく、なつめちゃんが嫌がることはないでしょう。これまでも、あの娘《こ》は周囲《まわり》の大人に言われるままに生きてきましたからね。これからは謙吉さん、お杉さんを親と思い、本郷菊坂町《きくざかちょう》で暮らすことになると言えば、それが自分の宿命《さだめ》とすんなりと受け止めることでしょう。それだけに、一つだけ言っておきたいことがあります。なつめちゃんを養女として引き取ったからには、決して、お義母《かあ》さまのときのような、下にも置かない扱いをしないこと！　無論、これまで与えられなかった情愛を、あの娘《こ》にふんだんに与えてやるのは構いません。けれども、実の子であれば、親は叱りもしますし手伝いもさせます。わたくしが言いたいのはそのことでしてね。可愛さのあまり、飴《あめ》だけ与えて鞭《むち》を与えるのを忘れてはならないということです。親子というものは、泣いたり笑ったり、叱ったり褒《ほ》めたり、そうして両者が共に育っていくものなのですからね」

おりきは心を鬼にして、苦言《くげん》を呈《てい》した。

決して、皮肉のつもりではなかった。

が、目から鼻に抜けたような謙吉は、おりきの言葉の裏にあるものを察したようである。

「へっ、よう解っていやす。今にして思えば、あっしもお袋のことでは忸怩《じくじ》としたものがありやす。良かれと思ってしたことが、逆に、お袋を孤独に追いやっていたんでやすよね？　金だけ与えて好きなことをしろと言ったって、幸せに繋《つな》がるものじゃねえ……。幸せなんてものは、人と人の繋がりの中から生まれてくるものだし、他人《ひと》のために役立っているという想いの中から生まれてくるんでやすからね。へへっ、いけねえや……。今頃になってそのことに気づくなんてよ」

「おまえさん、言わないでおくれよ……。あたしが悪いんだ。家事を助《す》けたいというお義母《かあ》さんから、何もしなくてよい、のんびりしていて下さい、と何もかもを取り上げたのはあたしなんだからさ……」

お杉は辛《つら》そうに眉根《まゆね》を寄せたが、はっとおりきを見ると、

「女将さんのおっしゃることはよく解りました。なつめちゃんを育てるに際し、二度と同じ轍《てつ》は踏みません」

と言いきった。

おりきもほっと安堵《あんど》の息を吐いた。

そこに、玄関側の障子《しょうじ》の外から声がかかった。

「宜しいでしょうか」

大番頭の達吉《たつきち》の声である。

「構いませんよ。どうぞ……」

達吉は障子を開け、謙吉とお杉の姿を認めると、あっ、おいででやしたか、と慌てて頭を下げた。

「お邪魔《じゃま》で？」

謙吉たちが威儀《いぎ》を正し、挨拶をする。

「いえ、もう話は済みましたのよ。何か？」

「いや、別に急ぎの用ではなく、島田屋《しまだや》さんの予約が取り消しになったことを女将さんがご存知かと思いやして……」

「ええ、知っていますよ。嫌ですわ。今朝、おまえがそう伝えたのではないですか」

達吉はとほんとした顔をした。

「あっしが伝えたと……。いけねえや、遂《つい》に焼廻《やきまわ》っちまったぜ。てめえが言ったことをころりと失念《しつねん》するとはよ……」

達吉がバツの悪そうな顔をして、中に入って来る。

が、長火鉢《ながひばち》の猫板《ねこいた》に置かれたぼた餅に目を留《と》めると、おっと舌なめずりをする。

おりきはくくっと笑った。

「お杉さんのお持たせですよ。そういえば、達吉は謙吉さんの内儀《ないぎ》お杉さんにお逢いするのは初めてですよね？　達吉、ご挨拶をなさい」

「謙吉さんのかみさん？　へっ、それはまた遠いところをよくお越《こ》しで……。あっしが立場茶屋おりきで大番頭を務める達吉でやす。謙吉さんにはいつもあすなろ園の子供たちが世話になり、感謝しておりやす」

「今日はね、子供たちのためにお杉さんがぼた餅を作ってきて下さったのですよ。わたくしはもう頂きましたので、おまえも相伴するといいですよ」

おりきが達吉のために取り皿にぼた餅を取り分けてやる。

「こいつァ美味そうだ！　さぞや、子供たちも悦んだことでやしょう」

「それはもう大悦びですよ。それでね、此度、謙吉さんが内儀を伴《ともな》いお見えになったのは、あすなろ園の子供たちの中から誰か一人、養子に貰いたいからだそうですの」

「養子？　へえ、そりゃまた……。で、誰にするか決まったのでやすか？」

達吉がぼた餅に食らいつきながら、おりきを窺う。

「なつめちゃんをということです」

「なつめ？　えっ、あいつは脚が悪いが、それでいいと？」

「へぇ。だからこそ、あっしら二人であの娘《こ》を幸せにしてやりてェと思いやして……」

謙吉が気を兼ねたように言う。

達吉は仕こなし顔に頷いた。

「さすがは謙吉さんだ！　あっしからも礼を言いやすぜ。あすなろ園には孤児《みなしご》や親はいても邪険《じやけん》に扱われた不憫な子が多いが、中でも、なつめの身の有りつきは想像を絶するからよ……。なんとかあの娘《こ》には幸せになってもらいてェと願っていたんで、そいつを聞いて、あっしも安堵しやした。けどよ、そうなると、あすなろ園の子供たちが寂しがるだろうて……」

達吉の言葉に、全員がえっと息を呑む。

「それは、なつめちゃんがいなくなるからという意味ですか？」

「いや、なつめのことではなくて、これまでは、謙吉さんが五日に一度あすなろ園を訪ねて来たのが、これからは来てくれなくなるのじゃ、子供たちが赤本に出逢う愉《たの》しみがなくなるって意味で……」

「なつめ？　えっ、あいつは脚が悪いが、それでいいと？」

「なつめちゃんをということです」

謙吉が気を兼ねたように言う。

達吉は仕こなし顔に頷いた。

「さすがは謙吉さんだ！　あっしからも礼を言いやすぜ。あすなろ園には孤児《みなしご》や親はいても邪険《じゃけん》に扱われた不憫な子が多いが、中でも、なつめの身の有りつきは想像を絶するからよ……。なんとかあの娘《こ》には幸せになってもらいてェと願っていたんで、そいつを聞いて、あっしも安堵しやした。けどよ、そうなると、あすなろ園の子供たちが寂しがるだろうて……」

達吉の言葉に、全員がえっと息を吞む。

「それは、なつめちゃんがいなくなるからという意味ですか？」

「いや、なつめのことではなくて、これまでは、謙吉さんが五日に一度あすなろ園を訪ねて来たのが、これからは来てくれなくなるのじゃ、子供たちが赤本に出逢う愉《たの》しみがなくなるって意味で……」

達吉が大真面目《おおまじめ》な顔でそう言うと、謙吉がぷっと噴き出した。

「嫌だな、大番頭さんは！　何を言い出すのかと思ったら、そんなことを……。案じるには及びやせん。なつめちゃんがうちの娘になることと、あっしがあすなろ園を訪ねるのは別のこと……。へっ、これまで通り、五日に一度は顔を出しやすんで、安心して下せえ」

お杉もくくっと肩を揺すった。

「そうですよ。あたしもぼた餅を作って、時折この男《ひと》に届けさせますんで安心して下さいね」

「なんでェ、そういうことだったのかよ……。なら、何も言うこたァねえ。結構毛だらけ、目出度《めでて》ェじゃねえか！」

達吉がひょっくら返したように言い、おりきや謙吉夫婦の顔にも笑《え》みが戻った。

おまきが下高輪台の春次の家から戻ってきたのは、それから三日後のことだった。

「勝手をさせてもらい、申し訳ありませんでした」

おまきは恐縮したように頭を下げた。

「子供たちはもうすっかりいいのですか？」

「はい。一番症状の酷かった末っ子の太助《たすけ》ちゃんの食欲もすっかり元に戻り、あたしがいなくてもお京ちゃんが困らないだろうと判断し、戻って来ました。当初は一廻りのつもりだったのが二廻《ふたまわ》り（二週間）と永《なが》くなってしまい、茶屋の皆に迷惑をかけてしまいました」

「茶屋番頭には挨拶をしたのでしょうね？」

「ええ。およねさんをはじめ、女衆《おなごし》の全員に頭を下げてきました」

「それでどうだった？　おめえがいなくて天手古舞《てんてこま》いをしたとでも言われたか？」

達吉が留帳《とめちょう》から目を上げ、鼻眼鏡《はなめがね》越しにおまきを窺う。

「いえ……」

おまきは狼狽《うろた》え、さっと俯《うつむ》いた。

やはり、茶立女《ちゃたておんな》たちから嫌味《いやみ》のひとつでも言われたのであろうか……。

というのも、先つ頃、茶立女が一人辞めたばかりで、そのうえ、おまきまでが二廻りも見世に穴を空けたのだから、どうしても他の女ごたちにしわ寄せが来る。

おりきも茶屋番頭の甚助《じんすけ》から雇人《やといど》（臨時雇《やと》い）を入れるか、正式にもう一人茶立女を雇ってほしいと言われたばかりであった。

とはいえ、おまきがこのまま下高輪台に行きっぱなしというわけでもなく、再び戻って来ると解っているのに、これみよがしに新《あら》たに茶立女を雇ったのでは、おまきにもう戻って来なくてよいと言っているのも同然である。

それで急遽《きゆうきよ》組合に掛け合い、雇人を廻してもらうことにしたのだが、生憎《あいにく》どこの見世でも人手が不足しているとみえ、今すぐにというわけにはいかないということだった。

「女将さん、腹を決めて下せえよ。いつ帰《けえ》ってくるか判らねえおまきを待っていたって、あいつが帰《けえ》って来るという保証はねえんでやすぜ。これまでだって、五日に一度は半日暇を取るし、おまきにだけ勝手をさせたんじゃ、他の女衆に示しがつきやせんからね！」

三日前、遂に甚助が痺《しび》れを切らし、わざわざ帳場まで訴えに来た。

「茶立女の中から苦情が出ているのですか？」

「いや、そういうわけじゃ……。あいつら、おまきの事情が解っているもんだから、口に出しては何も言いやせん。けど、腹ん中じゃどう思っているか……。おまきもおまきだぜ！　春次という男の後添いになる気があるのなら、こんな持って廻ったようなやり方をせずに、さっさと嫁に行けばいいんだ……」

「甚助！　利いたふうな口を利くものではありません。人には事情というものがあります。第一、おまきにあの家族と矩《のり》を置いて付き合うようにと勧めたのは、このわたくしなのですよ」

「へっ、あい済みやせん」

甚助は潮垂れた様子で茶屋に戻って行った。

おりきの胸はじくりと疼《うず》いた。

甚助の言うことは道理ごもっとも……。

実のところ、他の茶立女からおまきだけを贔屓《ひいき》にしていると苦情が出るのではないかと、おりきも案じていたのである。

「女将さんはおまきに甘《あめ》ェからよ」

達吉はどうかすると、おりきをそう揶揄《やゆ》する。

「まっ、女将さんの気持も解らねえでもねえんだがよ……。おまきが悠治《ゆうじ》という男に置き去りにされ、品川の海に身を投じようとしたところを女将さんが救いなすったんだもんな。女将さんはおまきの中にご自分を見なさった……。だから、先代が女将さんにしなさったように、女将さんもおまきを護ろうとなさったんだ。おまきが茶立女になってからも、男に片惚れしてあいつが疵《きず》つくたびに、女将さんは親鳥が雛鳥《ひなどり》を庇《かば》うように疵ついたおまきを労《いたわ》り続けてきなさった……。莫迦《ばか》な子ほど親は可愛いというからよ。どこかしら心許《こころもと》ねえおまきを放っておけねえと思う、女将さんの気持は手に取るように解りやす」

達吉は心ありげにそう言った。

そうかもしれない……。

これまで、自分はよちよち歩きの子を見守るかのようにおまきを案じ、どこかしら危《あぶ》なっかしいおまきが疵つかないようにと気を揉《も》んできたのである。

だが、現在《いま》のおまきは悠治に捨てられたときのおまきとは違う。

片惚れしては疵つくことを繰り返しながらも、少しずつ、おまきは逞《たくま》しくなっていったのである。

それが証拠に、此度は、陳《ひね》びたお京の嫌がらせにあっても、逃げようとしなかったではないか……。

そこに、追い討《う》ちをかけるかのように麻疹騒動……。

ところが、春次の家に詰めることになったおまきは、四六時中《しろくじちゅう》お京と鼻を突き合わせなければならなくなったというのに、未《いま》だ、音《ね》を上げようとしないのである。

ということは、そろそろ、おまきの腹を確かめてもよい潮時《しおどき》なのかもしれない。

おりきはおまきが戻って来たら、今度こそ、春次一家との関係をはっきりさせなければと思っていたのである。

「おまき……」

おりきはおまきの目を瞠めた。

「春次さんとのことですが、今後、おまえはどうするつもりなのですか?」

おまきがつと顔を上げる。

「女将さんがおっしゃりたいことはよく解っています。あたしも現在《いま》のままずるずるというのではいけないと思います。こんなどっちつかずのことをしていたのでは、茶《ちゃ》屋衆《やしゅ》に申し訳が立ちません。それで、この二廻りの間に考えたのですが、あたし、やはり、あの家に入ろうと思います」

達吉が驚いたように留帳を閉じる。

「じゃ、春次の後添いに入《へえ》る気になったというんだな?」

「後添いというより、暫《しばら》くは、この二廻りの間してきたようにしていけたらと……。

そこから先は成り行きです」

「成り行きといったって……」

おりきが眉根を寄せる。

「お京ちゃんとの間にある垣根《かきね》を取っ払うには、まだ暫くときがかかりそうです。けど、あたし、無理して垣根を取っ払おうとは思っていないんです。そんなことをしたのでは、ますますお京ちゃんが頑《かたく》なになってしまいます。だから、垣根が自然になくなるまで辛抱強《しんぼうづよ》く待つつもりです。春次さんとのことをはっきりさせるのは、それからでも遅くはないと思って……」

「けど、おめえ、いつまで経《た》っても垣根がなくならなかったらどうするのよ。考えてもみな？　四人の子が次々と麻疹に罹り、おめえは夜の目も寝ずに看病したんだぜ？　常識で考えれば、お京との間にどんなに厚い氷の壁があったとしても、そこで氷は溶《と》けちまう……。ところが、今のおめえの話では、相も変わらず、お京は情を張ってるというんだろ？」

達吉が蕗味噌《ふきみそ》を嘗めたような顔をする。

おまきは寂しそうに首を振った。

「大番頭さんが心配をして下さるのは有難いんですけど、あたしはお京ちゃんといつか心が通い合う日が来ると思っています。此度、初めて春次さんと腹を割って話したんですよ。春次さんね、お京ちゃんがあんなふうになった事情を話してくれました」

「…………」

「…………」

おりきも達吉も息を殺し、おまきを瞠めた。

「あの娘《こ》ね、三番目のおっかさん、つまり、太助ちゃんを産んだ女《ひと》だけど、その女《ひと》と反《そ》りが合わなかったのですって……。世間では、どうやらそのことを、気の勝ったお京ちゃんが継母《ままはは》に悉く《ことごと》抗い、継母苛《いじ》めのようなことをしたと噂しているみたいだけど、そうじゃないんですって……。継子《ままこ》苛めをしたのはおっかさんのほうで、お廉《れん》というその女《ひと》、春次さんと所帯を持ったその翌日から、躾《しつけ》といって幸助《こうすけ》ちゃんや和助《わすけ》ちゃんを殴《なぐ》ったり、押し入れに閉じ込めたりしたそうです。けど、お京ちゃんは七歳になっていたものだから必死で抵抗し、弟たちを護ろうとしたんですよ。春次さんは見るに見かねて、何度も子供たちをそんなに叱るなと言ったそうです。けど、文句を言うと、お廉さんはぷいと家を出て行き、有り金を使い果たすまで戻って来なかったそうで……。そんなことを繰《く》り返しているうちにお廉さんのお腹に赤児《やや》が出来、それが太助ちゃんです。春次さん、言っていました。正な話、太助は俺の子かどうか判らないって……。けど、縁あって俺の家に生まれたからには、太助は俺の子、他の子と同じように可愛いって、そう言ったんですよ。お廉さんは太助ちゃんを産んで半年後、男の後を追って家を出て行ったそうです。お京ちゃんはね、そんな継母の姿を見ていたんですよ。だから、抗った……。ご飯の中に釘が入っていたというのも、本当の話だそうです。それで、仕返しのつもりで継母の着物をびりびりに裂いた……。あたし、その話を聞いて、涙が止まらなかった。お京ちゃんの疵ついた心が見えたような気がして……」

おまきが前垂《まえだ》れで顔を覆《おお》う。

「そうだったのですか……。いえね、おまえには話していませんでしたが、実は、継母とお京ちゃんのことは亀蔵親分から聞いていたのですよ。けれども、親分の話は世間が噂しているように、お京ちゃんが継母苛めをしたということでした。でも、ああ、やはりそういうことでしたのね？　いえね、わたくしは親分から話を聞いても俄《にわか》には信じられなかったのですよ。七歳の娘《こ》にそこまでの悪知恵《わるぢえ》が働くものかと思いましてね。今、おまきから聞いた話なら信じられます。可哀相に……。お京ちゃんはそれで他人《ひと》が信じられなくなってしまったのですね」

おりきはふうと肩息《かたいき》を吐いた。

「あたし、その話を聞いてからというもの、ますますお京ちゃんに手を差し伸べたくなりました。そのためには、強引《ごういん》であってはならないのです。ゆっくりと時をかけて真摯《しんし》に向き合えば、いつかきっと、お京ちゃんがあたしのことを解ってくれると思っています。春次さんもそのことは理解してくれました。それどころか、お京を許してやってほしい、あいつは弟たちを護ろうと懸命《けんめい》なのだ、お廉のせいですっかり心がひん曲がってしまったが、本当は素直ないい娘なのだ、おまえさんになら、きっといつか心を開いてくれるだろうからって、あたしの前で土下座《どげざ》して謝るんですよ。春次さんね、こうも言ってた……。元はといえば自分が悪いのだ、自分がもう少しお廉に凛《りん》乎《こ》とした態度を取ればよかったのに、二人も女房を亡くし、お廉にも逃げられるのが怖くて、つい、見て見ぬ振りをしてしまったって……。春次さんも悪い男《ひと》じゃないんです。ただ少し気が弱いだけ……。だから、女将さん、あたしを下高輪台に行かせて下さい！　やっと、お京ちゃんがあたしと口を利いてくれるようになったんです。天《あま》の岩戸《いわと》がほんの少し開きかけたんだもの、最後まで開くまで辛抱強く待ちますんで……」

おまきが縋るような目で、おりきと達吉を窺う。

「解りました。そこまでの覚悟が出来ているのなら、わたくしにはもう何も言うことはありません」

「有難うございます。今宵《こよい》は茶屋の二階に泊めてもらい、茶屋衆の一人一人にこれま

での お詫びと別れの挨拶をして、明朝、下高輪台に行かせてもらいます」

「おまき、これだけは言っておきます。立場茶屋おりきはおまえの実家《さと》なのですからね。たまには顔を見せて下さい。何かあれば、すぐさま相談に来るのですよ」

「はい。それこそ、子供たちを連れて、あすなろ園に遊びに来るかもしれませんよ。あっ、そうだ……。このことを仲人嬶《なこうどかか》のおつやさんに報告しなくていいのかしら？」

おまきがおりきに訊《たず》ねる。

「そうですね。この話を持ってきたのはおつやさんですものね。解りました。わたくしから報告しておきましょう」

達吉がう―んと首を傾《かし》げ、割って入る。

「この場合、おつやに礼金を払わなくちゃならねえのでやすかね？　通常、仲人嬶の礼金は十分一《じゅうぶいち》といって持参金の十分の一だが、おまきの場合は今のところ後添いに入《へえ》るわけでもねえし、無論、祝言もなければ持参金もねえ……。それでも口利き料として某《なにがし》かの金を取るのでしょうかね？」

「まっ、何を言うのかと思ったら……。おつやさんはそんな気があってこの話を持ってきたわけではありませんよ」

「さいですよね？」

達吉はほっと眉《まゆ》を開いた。

「では、女将さん、あたしは茶屋に……」

おまきが辞儀をし、腰を上げかける。

「おまき、今宵の夜食はここでわたくしたちと食べませんか？　正式に嫁に出すのではありませんが、明日は立場茶屋おりきから旅立つのです。せめて、最後の食事を一緒に摂《と》りましょう。ねっ、大番頭さん、そうしましょうよ！」

「そいつァいいや！　巳之吉《みのきち》に言って、美味《うめ》ェもんを作ってもらわなきゃな。おっ、おまき、俺から甚助に断りを入れておくから、気を兼ねるこたァねえ。五ツ半（午後九時）に帳場に来な！」

達吉がそう言うと、おまきは照れたように首を竦《すく》め、はい、と軽《かろ》やかに答えた。

巳之吉がおまきのために作った心尽《こころづ》くしは、先付《さきづけ》、向付《むこうづけ》、椀物《わんもの》、焼物《やきもの》、炊《た》き合わせ、鮎飯《あゆめし》、赤出汁《あかだし》、香《こう》の物で、強肴《しいざかな》と酢物《すのもの》、揚物《あげもの》がないだけで、客用の会席膳《かいせきぜん》とほぼ変わりないものだった。

恐らく、巳之吉はおまきへの餞《はなむけ》のつもりで作ったのであろう。

先付は白魚《しらうお》の蕎麦《そば》粉《こ》揚《あげ》と菜《な》の花の菜種《なたね》がけである。

織部《おりべ》の菱形皿《ひしがたざら》に盛られた白魚の白と、茹《ゆ》で卵の黄身《きみ》を菜種に見立て、菜の花の上に振りかけた趣向《しゅこう》が心憎《こころにく》い。

「これが板頭《いたがしら》の会席なんですね。板頭の料理はこれまで弁当しか食べたことがなかったけど、会席が頂けるなんて……。けど、本当に、あたしが頂いていいのでしょうか？　なんだか勿体《もったい》なくて……」

おまきが感激に目を潤ませる。

「巳之吉のおまきへの餞です。遠慮《えんりょ》しないでお上がりなさい」

「そうでェ、遠慮するこたァねえんだ。おめえもこれまで立場茶屋おりきで我勢《がせい》してきたんだもんな。思い出を持って旅立っていくといい。俺もよ、おめえのお陰で思いがけず相伴に与ることになり、極上上吉《ごくじょうじょうきち》ってなもんでよ！」

達吉がおまきの緊張を解《ほぐ》そうと、ひょっくら返す。

おまきは怖《お》ず怖ずと白魚の蕎麦粉揚に箸《はし》を出した。

「なんて芳《こう》ばしい……。カリッと揚がっていて、これって小麦粉《こむぎこ》ではなく蕎麦粉なんですよね？」

白魚を口に含んだおまきの顔が輝く。

「これで驚くこたァねえ。次から次へと出て来るからよ！」

達吉の言葉通り、続いて、おうめが向付と椀物を運んで来た。

おうめはおまきの膳に、楽焼花形向付鉢《らくやきはながたむこうづけばち》を置くと、

「おまき、ご苦労さん。これまで茶屋のためによく尽力《じんりょく》してくれたね。おまえがいなくなると寂しいけど、新たなる門出《かどで》なんだもんね。何があっても挫《くじ》けるんじゃないよ！　立場茶屋おりきの仲間がついてるからさ」

と耳許で囁いた。

おまきの目に涙が盛り上がる。

「お世話になりました。皆さんのことは絶対に忘れません」

「莫迦だね……。門出に涙は禁物《きんもつ》だ。それにさ、皆さんのことは忘れないなんて、二度と逢えないようなことを言うもんじゃないよ！　下高輪台なんて目と鼻の先じゃないか。これからもちょくちょく遊びに来ればいいんだからさ」

おうめがおまきの背中をポンと叩く。

「おうめ、安心なさい。おまきは子供たちを連れて、時々あすなろ園に遊びに来るそうです。ねっ、そうですよね？」

おりきがおまきに目まじする。

「そりゃ良かった！　さっ、お上がり。今宵の向付は刺身《さしみ》盛《も》りだよ。椀物は海老真丈《えびしんじよう》と筍《たけのこ》、百合根《ゆりね》と菜の花、柚子《ゆず》を清《す》まし仕立てにしてあり、客室に出したものと同じだよ」

おうめは説明すると、次の料理を運ぶために下がって行った。

どうやら、帳場の給仕はおうめが買って出たようである。

恐らく、旅籠の女中頭《じよちゆうがしら》として、おまきに別れの挨拶をしたかったのであろう。

「ほう、刺身は桜鯛《さくらだい》か……。春はなんといっても鯛が美味《うめ》ェからよ！」

達吉が折《へ》ぎ造りになった鯛に山葵《わさび》を載《の》せ、醤油《しようゆ》にちょいと浸《つ》けると口に運ぶ。

おりきは椀物を口にした。

車海老《くるまえび》の擂身《すりみ》と帆立貝《ほたてがい》の擂身を合わせた海老真丈は、品のよい風味《ふうみ》合《あい》で春の香りを存分に伝えてきた。

おまきも椀物を口にし、目をまじくじさせる。

「美味しい……。喉が洗われるとはこのことですね。やっぱり、茶屋の料理とはひと味違うってことがよく解りました」

「そりゃそうだよ！　茶屋は庶民の口に合うようにと濃《こ》い味にしてあるが、旅籠は食材の持つ味を活《い》かすために薄味《うすあじ》で、第一《でえいち》、鳥目《ちょうもく》（代金）が違うからよ」

達吉が鼻柱《はなばしら》に帆《ほ》を引っかけたような言い方をする。

続いて焼物、炊き合わせが出て来る。

焼物は油目《あぶらめ》の雲丹《うに》挟《はさ》み焼の蕨添《わらびぞ》えで、炊き合わせは筍と鯛の子、若布《わかめ》、蕗《ふき》、花山椒《はなざんしょ》であった。

油目の切身《きりみ》に切れ目を入れ、雲丹を挟み込んで両身をこんがりと焼いた焼物は、信楽《しがらき》の四方皿《しほうざら》に盛られていた。

そして、炊き合わせはまさに春一色《はるいっしょく》……。

客室のお品書《しながき》には炊き合わせが生湯葉《なまゆば》と車海老、山独活《やまうど》のうすい餡とあったので、では、これはおまきのために作ったものであろうか……。

「この後がご飯物だけど、今宵は鮎飯だよ！　土鍋仕立《どなべじた》てにしてあるから期待してな」

おうめはそう囁くと、片目を瞑《つぶ》ってみせた。

すると、そこに板場側から声がかかった。

「巳之吉でやす。入《へえ》っても宜しいでしょうか」

どうやら、巳之吉が挨拶に来たようである。

「お入り」

するりと障子が開き、巳之吉が入って来る。

「急なご用命でこんなものしか出来やせんでしたが、お口にあったかどうか……」

巳之吉がおりきを窺う。

「充分ですよ。ねっ、おまき、何もかも美味しく頂きましたよね？」

おまきは挙措《きよそ》を失い、すじりもじりとした。

「はい。あたしのために申し訳ありませんでした。一生の思い出となります。あたし……、あたし……、今宵のことは生涯忘れません」

おまきが項垂《うなだ》れ、上目に巳之吉を窺う。

その刹那《せつな》、おりきは一時期おまきが巳之吉に好意《こうい》を寄せていたことを思い出した。

それはごく淡《あわ》い想いで、どうやら巳之吉には通じなかったようだが、おりきも中庭を挟んで茶屋のほうから旅籠の板場を窺うおまきの姿を何度か目にしたことがある。

おうめから聞いた話では、おまきは巳之吉がおりきに想いを寄せていることを知り、高嶺《たかね》の花と諦めたという。

それからも、おまきは何度男に片惚れをしては、疵ついてきたことだろう。

巳之吉はおまきやおりきの胸に過《よ》ぎった想いに気づきもせず、爽《さわ》やかな声で言った。

「おまき、幸せになるんだぜ。立場茶屋おりきはおめえの実家《さと》なんだからよ。皆に逢いたくなったらいつでも帰《けえ》って来な！」

おまきはこくりと頷いた。

「はい。今宵は本当に有難うございました」

おまきが頭を下げる。

「じゃ、あっしはこれで……」

巳之吉が帳場を出て行く。

「さあ、頂きましょうか。そろそろ鮎飯が出る頃でしょうし、板場にも都合があるでしょうからね」

恐らく今頃は、旅籠衆《はたごし》も食間で賄いの夜食を食べていることだろう。

おうめにも夜食を食べさせなければならないし、板場の片づけもあり、おりきはその意味で言ったのである。

そこに、鮎飯が運ばれて来た。

まあァ……、とおまきが目を瞬く。

土鍋が出てきたのである。

そうして蓋を取ると、放射状《ほうしやじょう》に並べられた焼き鮎が……。

は嬉しいですよ」

おりきがおまきを瞠める。

二人の視線が絡《から》まり、どちらからともなく、こくりと頷いた。

大丈夫ですよね？

はい、大丈夫です。

二人は瞳の奥で、そう言い交《か》わしたのである。


「なんでェ、おまきの奴、春次の家に行っちまったのかよ……」

亀蔵が信じられないといった顔をする。

「おまきがようやくお京ちゃんの心が開きかけたのに、放っておけないと言いましてね。わたくしもその決意に絆《ほだ》されてしまいましたの」

そう言い、おりきはおまきから聞いたことを亀蔵に話した。

亀蔵が腕を組み、訝しそうに首を捻る。

「するてェと、俺が聞いた話はあべこべだったというんだな？　なんと、お廉という女ごが継子苛めをしていたとは……。そいつが本当だとすれば、お廉は酷《ひで》ェ女ごじゃねえか！　そんな女ごを春次はどうしてすぐさま叩き出さなかった。妙じゃねえか！」

「ええ、それがね、お廉さんという女《ひと》はちょいとした小色《こいろ》な女ごだったそうですの。最初と二番目の内儀は仲人嬶の言いなりに貰ったようですが、お廉さんの場合は、子供たちに中食を食べさせに入った一膳飯屋《いちぜんめしや》の小女《こおんな》だったとかで、お廉さんのほうから春次さんに声をかけてきたのですって……。恐らく、子連れの春次さんを目にして、ひと目で理由《わけ》ありの男鰥《おとこやもめ》と思ったのでしょうね。男手ひとつで三人の子を育てるのは大変だろう、なんなら自分が面倒を見てやってもよいが、と汐《しお》の目を送ってきたそうですの。堅物《かたぶつ》の春次さんにしてみれば、これまで若い女ごから汐の目を送られるなんてことがありませんでしたでしょう？　春次さんは舞い上がったそうです。すっかりお廉さんに逆上《のほ》せあがった春次さんは、お廉さんの狙《ねら》いが春次さんの金だと気づかなかったようで、言われるままに後添いに迎え入れたそうです。ところが、祝言を挙げた翌日、お廉さんは馬脚《ばきやく》を顕《あらわ》したそうです。躾といっては子供たちを殴り、押し入れに閉じ込めてみたり嫌がらせをしたというのです。そう、親分がおっしゃっていた、ご飯の中に釘が入っていたという話も本当のことだったようです。それで、当時七歳だったお京ちゃんが弟たちを庇おうと懸命に抗った……」

「けどよ、それなら何故《なぜ》、お廉が生まれたばかりの赤児《やや》を抱いて井戸端で泣いていたのよ。近所の者が見たというのは万八《まんぱち》（嘘）だとでも？」

「ええ、確かにそういうことがあったそうです。けれども、それはお廉さんが継子苛めをするのを見るに見かねて、春次さんが諫言《かんげん》したときのことだといいます。そのときも、お廉さんはひとしきり泣くと、まるで腹いせをするかのようにぷいと家を飛び出し、有り金を使い果たすまで戻って来なかったそうですの。そんなことが度々《たびたび》繰り返されたようで、それを七歳のお京ちゃんはじっと瞠めていたのですよ。だから、大人を信じないあのような娘になってしまった……。不憫としか言いようがありませんわ」

「けどよ、春次はなんでまたお廉の我儘を黙認した？　お廉が家出を繰り返すということは、外に男がいるってことだろうが……。そんな女ごには三行半《みくだりはん》を叩きつけてやるのが筋というのに、春次の奴はいよいよ女房に駆け落ちされるまで放っておいたのだからよ」

亀蔵が憎体《にくてい》に言う。

「それだけ春次さんがお廉さんに惚れていたということではないでしょうか」

「てんごうを！　惚れきっているもんだから、お廉が勝手をするのに目を瞑ったってか？　呆《あき》れ返《けえ》って言葉も出ねえや！」

「春次さんね、おまきにいったそうですの。自分が悪かったのだ、自分が意気地《いくじ》なしだったばかりに子供たちに辛い想いをさせてしまった、お京があんな娘になったのは自分のせいなんだと……」

亀蔵がふうと太息を吐く。

「それを聞いて、何がなんでも自分が子供たちを幸せにしてやろうと、おまきが春次の後添《へえ》いに入る決意を固めたというんだな」

「いいえ、まだ後添いに入るわけではないのですよ。取り敢えずはあの家に同居し、これまで通り子供たちの世話をするそうです。そのうちお京ちゃんもお廉さんの呪縛《じゅばく》から解《と》き放たれるでしょうし、そうなれば、おまきに心を開いてくれる……。春次さんとのことは、それからでも遅くはないと、おまきはそう言うのですよ」

亀蔵は開いた口が塞《ふさ》がらないといった顔をした。

「莫迦につける薬はねえとはこのことよ……。おまきもおまきならば、それを許すおめえもおめえよ！」

おりきはくすりと肩を揺らした。

「まっ、見ていて下さいな。わたくしはおまきを信じています。おまきなら、きっとやり遂《と》げるでしょうから」

「おいおい、ついこの前《めえ》まで、危なっかしくて心許ねえおまきを見ていられねえとぼやいていたのは、どこのどいつだっけ？」

「ええ、確かに、あの子供たちに出逢うまでのおまきは安心して見ていられませんでした。けれども、変わったのですよ、おまきは……。逞しくなったというほうが当っているかもしれません。現在《いま》のおまきには何があろうと挫けることなく立ち向かっていく力が漲《みなぎ》っています。ですから、親分も温かい目で見守ってやって下さいな」

「まっ、おめえがそう言うのならな……。ところで、なつめのほうはどうなった？謙吉夫婦の養女になる話を本人にしたのかよ」

　亀蔵が煙草盆を引き寄せながら、おりきを窺う。

「ええ。これで自分にもおとっつァん、おっかさんと呼べる者が出来るのだと悦んでいましたわ」

「で、いつ本郷に行くのかえ？」

「明日、謙吉さんが迎えに見えますの。お杉さんはなつめちゃんの着物や遊び道具を揃えて、菊坂町の裏店で待っているとか……」

「明日……。そうけえ、なんだか立場茶屋おりきも一気に寂しくなっちまったな。おまきが去り、なつめまでもが去って行くんだもんな」

「………」

つっと、おりきの胸にも一抹《いちまつ》の寂しさが過ぎる。

「本当にそうですわね。なつめちゃんはここに来て、まだ二月《ふたつき》ほどしか経っていないのですものね。それに引き替え、おまきは八年……。品川の海に身を投じようとしたおまきを必死の思いで引き留めたのが、まるで昨日のことのように思い出されます。あれから様々なことがありましたが、今思うに、そうやっておまきは少しずつ成長し、逞しくなっていったのでしょうね」

「ああ、まったくだ……。ところで、なつめが謙吉夫婦の養女になるという話を聞いて、巳之吉の反応はどうだったのかよ」

亀蔵が悪戯《いたずら》っぽい目をして、おりきの顔を覗き込む。

亀蔵がひょうらかしていると知り、おりきはわざと平然と答えた。

「それは悦んでいましたことよ。やっと、なつめちゃんに双親が出来るのですもの……。なつめちゃんが巳之吉の娘でないことは明白ですが、母親の嘘を信じたなつめちゃんが巳之吉を父と思いわざわざ京からやって来たのですもの、巳之吉にしてみれば責任はないと解っていても気になって当然です。あすなろ園で預かることになってからも、他の子供たちに溶け込んでいるかと案じていましたからね。やっと、なつめちゃんに親と呼べる人が出来、巳之吉もさぞや肩の荷が下りたことでしょうよ」

「へえ、そうけえ……。なんとも目出度《めでて》ェ話じゃねえか。どれ、俺もなつめの顔を見て来っか！　明日は見送りに来られねえだろうからよ」

亀蔵がおりきに目まじして立ち上がる。

どうやら、亀蔵もなつめが去って行くことが心寂《うらさび》しいとみえる。

だが、人の縁はどこでどう繋《つな》がっていくものやら……。

なつめは巳之吉が京の都々井《つついい》で修業をしていた頃、料亭に出入りしていた芸妓《げいぎ》夢里《ゆめさと》の娘である。

夢里はどうやら巳之吉に片惚れしていたようなのだが、想いを打ち明けられないまま巳之吉は江戸に……。

以来、自棄無茶《やけむちゃ》になった夢里は酒に溺《おぼ》れるようになり、泥酔《でいすい》して意識が朦朧《もうろう》とする中、行きずりの男に冒《おか》され、なつめを身籠《みご》もることになったのである。

なつめはこの世に生まれ落ちたそのときから、誰にも必要とされない娘だった。

里子として夢里の養母の下《もと》に預けられ、邪険に扱われたばかりか里親の不注意で片脚が不自由となり、夢里の死後は、邪魔者《じゃまもの》を放り出すかのように実の父親《ておや》を頼れと品川宿に追いやられたなつめ……。

なつめは巳之吉を実の父と思い京から品川宿までやって来たのだが、何もかもが夢里の嘘、いや、そうであってほしいという夢里の願望であったとは……。

だが、そのなつめを謙吉夫婦が引き取ろうというのである。

謙吉は亀蔵と永年鼬《いたち》ごっこをした、巾着切り泣きのお銀の息子……。

母親が巾着切りと知らない謙吉は、母の遺志を継いで他人《ひと》の役に立とうとあすなろ園に出入りするようになり、そこで脚の不自由ななつめに目を留め養女にと申し出たのであるから、質《しち》の流れと人の行く末ほど知れぬものはない。

案外、なつめは子に恵まれない謙吉夫婦の養女になるべくして京を離れる宿命《さだめ》であったのかもしれないし、謙吉もなつめに出逢うべくあすなろ園に出入りすることになったのかもしれない。

そう思うと、その道標《みちしるべ》をつけて死んでいったお銀もひと役買ったことになる。

そして、そのお銀をあすなろ園に導《みちび》いたのが亀蔵……。

おりきの脳裡《のうり》を様々な想いが駆け巡《めぐ》った。

おりきはハッと我に返ると、

「親分、わたくしもご一緒しますわ！」

と言った。

何故かしら、そうしなければいられない気持になったのである。


「嫌だァ、なつめちゃん、本当に行っちゃうんだ……」

みずきがなつめの手を握《にぎ》り締め、泣き出しそうな声で言う。

「せっかく仲良しになれたのに……」

おいねも拗《す》ねたようにすじりもじりする。

「なつめ、おいらたちのことを忘れるんじゃねえぜ！」

勇次がなつめのお河童頭《かっぱあたま》をちょいと小突く。

「なつめ姉ちゃん、おいら、寂しい……」

悠基も鼠鳴きするような声で呟く。

なつめは恥ずかしそうに上目に子供たちを窺うと、

「うち、皆のことを忘れへん……。みずきちゃん、おいねちゃん、手習教えてくれはって、おおきに……。うち、嬉しかった」

と言った。

「けど、いいなあ……。おめえ、四ツ手（駕籠《かご》）に乗るのかよ！　おいらなんか一遍も乗ったことがねえのによ」

勇次が羨《うら》ましそうに四ツ手の簾《すだれ》を捲《めく》り、中を覗き込む。

「おいらは乗ったことがあるぜ！」

悠基が味噌気《みそけ》な顔をして、どうだ、とばかりに勇次を見上げる。

なつめを見送ろうと街道筋まで出てきたあすなろ園の子供たちは、片時もじっとしていない。

それでも、女ごの子はなつめとの別れを惜《お》しみ、手を握り合ったり耳許で囁き合っているのだが、勇次と悠基はなつめとの別れよりも、四ツ手に興味津々《きょうみしんしん》……。

六尺《ろくしゃく》（駕籠舁《かごか》き）たちが駕籠の傍を離れているのをこれ幸いとばかりに、燥ぎまくっているのだった。

そこに、おりき、謙吉、貞乃が、旅籠の通路から出て来る。

貞乃は四ツ手に乗り込んだ勇次を目に留めると、勇ちゃん、駄目ですよ、さっ早く下りなさい、と甲張《かんば》った声で鳴り立てた。

勇次がバツの悪そうな顔をして下りて来る。

「では、あっしはこれで……」

謙吉が深々と腰を折る。

「謙吉さん、なつめちゃんのことを頼みますね。お杉さんにも宜しく伝えて下さいませ」

「あの娘《こ》、夜分、一人で厠《かわや》に行くのを怖がりますので、そのことをお杉さんに伝えて下さいね」

おりきと貞乃が交互に頭を下げる。

「委《まか》せて下せえ。約束しやす。必ず、あいつを大切に護ってやりやすんで……。さっ、なつめ、行こうか。もう皆にお別れを言ったんだよな？」

謙吉がなつめの手を引く。

なつめはこくりと頷いた。

道端《みちばた》で煙管をくゆらせていた六尺たちが戻って来る。

四ツ手は二台で、前の四ツ手に謙吉が、後ろの四ツ手になつめが乗せられる。

「ああァ、本当に行っちゃうんだ……」

みずきが悲痛な声を上げる。

「なつめちゃん、また来るんだよ！　きっとだよ、きっと遊びに来るんだよ」

おいねも大声を張り上げた。

すると、それまでひと言も声を発しなかった、おせんがぽつりと呟いた。

「いいな、なつめちゃんにだけ親が出来て……。狡いよ、なつめちゃん！」

えっと、傍にいたおりきと貞乃が、驚いておせんを見る。

おせんは悔《くや》しそうに唇をへの字に曲げていた。

「おせんちゃん、そんなことを言うものではありませんよ。なつめちゃんを気持よく送り出してあげましょうね」

貞乃がおせんの耳許に囁く。

が、どうやら、おせんの声は謙吉となつめの耳には届かなかったようである。

謙吉が四ツ手の中から頭を下げる。

と同時に、四ツ手が担《かつ》ぎ上げられ、先棒《さきぼう》の掛け声と共に走り出した。

「さよならァ！」

「元気でね！」

「なつめ、あばよ！　また来るんだぜ」

子供たちの黄色い声が飛び交い、四ツ手が見る見るうちに小さくなっていく。

「ああァ、行っちまった……」

「ホントだ。四ツ手って速いんだね。もうあんなに小さくなっちゃった！」

「さあさ、皆、あすなろ園に戻りましょうか」

貞乃が子供たちに声をかけ、追い立てる。

が、どうやらおせんのことが気にかかるとみえ、貞乃はおせんと手を繋いだ。

そうして、おせんの耳許に何やら囁く。

貞乃が何を言ったのかは判らないが、おせんは頷くと、気を取り直したように歩き出した。

おりきはやれと息を吐くと、子供たちの後に続いた。

貞乃を先頭に、ぞろぞろと後に続く子供たち……。

おりきの位置から見ると、それはまるで雲に入《い》る鳥、帰る鳥のように見えた。

鳥雲《とりくも》に……。

皆、それぞれが自分のあるべき場所に帰ろうとする、小鳥引く微笑《ほほえ》ましい光景であった。

春の霜

昨夜はやけに冷えると思ったら、目覚めてみると、猫の額《ひたい》のように狭《せま》い庭に霜が降っていた。

八十八夜の別れ霜とはよくいったものである。

幾千代《いくちよ》は水口《みずぐち》の外から聞こえてくる、ザックザックと霜を踏む音に耳を欹《そばだ》てた。

「誰だえ……。おたけかえ？」

そう言い幾富士《いくふじ》に目を向けると、たった今寝床から起きだしてきたばかりの幾富士が、さあ……、と首を竦《すく》める。

「夕《ゆん》べ、おたけさんが姫《ひめ》のお腹《なか》がぺちゃんこになったのを見て、きっとどこかで子を産《う》んだのに違いないから、朝になったら捜《さが》すのだと言ってたから、捜してるのじゃないかしら……」

おやまっ、と幾千代は呆《あき》れ顔をした。

黒猫《くろねこ》の二代目姫が幾千代の許《もと》に貰《もら》われてきて、丸四年……。

姫はこれまでに六回出産をしてきたが、どうしたわけか家の中で産もうとせず、出産間近になると姿を消し、子猫がそろそろ乳離れをする頃合を計《はか》り、誇《ほこ》らしげに一匹ずつ銜《くわ》えて戻って来るのだった。

初代の姫が家の中で幾千代に見守られながら出産したのに比べると、大違いである。お産が近づくと、出産する場所を物色して家の中を探索《たんさく》するところまでは同じなのだが、初代の姫は幾千代が用意した竹籠《たけかご》に座布団《ざぶとん》を敷《し》いてやった中で産んだというのに、現在《いま》の姫は、竹籠の産褥《さんじょく》など見向きもしない。

無理に押し込もうとしても、落着かないのか、すぐに飛び出してしまうのである。

そうして、いよいよお産が近づくと、姿を消してしまう。

翌日、お腹をぺちゃんこにして餌《えさ》を食べに戻って来るので、どこかで子を産み落としたのは明白なのだが、では一体、どこで子を産んだのか、お端女《はした》のおたけや幾富士の尻を叩《たた》いて捜させるのだが、皆目《かいもく》見当がつかなかった。

「おまえたち、耳を澄ませてみな！　どこかで子猫の鳴き声が聞こえるはずだからさ」

そう言って庭の隅々《すみずみ》から納屋の中まで捜し廻《まわ》るのだが、子猫の声などどこからも聞こえてこない。

それで、姫が餌を食べ終えて子猫の許に引き返す後を跟《つ》ければということになったのだが、姫も然《さ》る者、幾千代たちが今か今かと待ち構えていると、縁側に寝そべってみたり、お産など自分には無関係といった素振りで、毛繕《けづくろ》いをしているのだった。ところが、幾千代たちが気を抜いた隙《すき》を見て、再び、姫は猟師町《りょうしまち》の仕舞《しも》た屋を抜け出してしまう。

そんなことを繰《く》り返し、幾千代たちが子猫のことをあまり気にしなくなったと見るや、まるで獲物《えもの》でも銜えるかのように誇らしげに、一匹ずつ運んで来るのだった。

大概《たいがい》が二匹か、三匹である。

「通常、猫って四、五匹は産むんじゃないの？」

「そうだよね。犬なんて五、六匹は産むからね」

毎度、幾富士やおたけは訝《いぶか》しそうな顔をする。

幾千代も先代の姫が五、六匹は産んでいたことを思い出し、首を傾《かし》げた。

「けど、可愛《かわい》いじゃないか。お目々がこんなにぱっちりとしてさ！」

「それに、どの子も元気そうでさ！　なんだか、姫が出来の良い子だけを選んで連れ帰って来たみたいだね」

幾富士のその言葉に、幾千代はきやりとした。

まさか、幾富士が言うように、姫が四、五匹産んだ中から出来の良い子だけを選んで連れ帰ったとは思わないが、もしかすると、この一月《ひとつき》の間に脆弱《ぜいじゃく》な子が淘汰《とうた》され、生き残った子猫だけを連れ帰ったのではなかろうか……。

というのも、姫は銜えてきた子猫を幾千代の前にどうだとばかりに下ろすと、誇らしげにニャンと鳴くのである。

母親に身を委《ゆだ》ね、姫の口先でゆらゆらと揺《ゆ》られ運ばれて来た子猫……。

それは、まさに母と子の信頼の図であり、姫には母の風格さえ漂《ただよ》っていた。

そうして、幾千代の用意した竹籠が、初めて姫と子猫の寝所《しんじょ》となるのである。

今回も、幾千代は四、五日前から竹籠に座布団を敷き、姫のお産に備《そな》えていた。

ところが案の定、姫は竹籠を一瞥《いちべつ》しただけで、寄りつこうともしない。

やはり、此度《こたび》も姫はどこか余所《よそ》で子を産むつもりなのだろう。

「おたけも懲《こ》りないね。捜したところで見つかりっこないのにさ！」

幾千代が木で鼻を括《くく》ったような言い方をして、長火鉢《ながひばち》の傍《そば》に寄って行く。

「夏隣《なつどなり》だというのに、やけに冷《ひ》えるじゃないか……。幾富士、おまえ、本当に今日からお座敷に出るのかえ？」

お茶を淹《い》れながら、幾千代が幾富士を窺《うかが》う。

「柏屋《かしわや》さんのお座敷だもの……。それに、そろそろお座敷に戻らないとね。一年以上休んだもの、今に、顔も名前も忘れられちまう……」

「そうかえ。まっ、素庵《そあん》さまも無理をしなければそろそろ復帰してもよいと言われたからね。けど、今日は顔見せ程度で戻って来るんだよ。見番《けんばん》にもそう言っておくからさ」

「うん、解《わか》った」

「さっ、お茶をお上がり。朝餉《あさげ》がまだなんだろ？　おたけが厨《くりや》に仕度《したく》していたから、ここに運んで来て食べるといいよ」

「今朝はなんだか食欲がなくてさ……」

「莫迦《ばか》なことをお言いじゃないよ！　おまえ、今日はお座敷に出るんじゃないか。それでなくても病《や》み上がりで体力が落ちているってェのに、そんなんじゃ力が出ないじゃないか」

「そうだね……」

幾富士がふっと頰《ほお》に寂《さみ》しそうな笑《え》みを貼《は》りつける。

幾富士が扇屋末広《おうぎやすえひろ》の婿養子又一郎《またいちろう》の子を身籠《みご》もり、女児を死産したのが昨年の七月……。

幾富士は又一郎の後添《のちぞ》いにするという言葉に騙《だま》され身を委《ゆだ》ねたのだが、又一郎には歴《れっき》とした女房がいたばかりか、婿養子の分際《ぶんざい》で放蕩《ほうとう》が過ぎ、末広から久離《きゅうり》（縁切り）されていたのである。

よって、幾富士が老舗《しにせ》末広の後添いに入れるわけがない。

それでも、現在《いま》は一介《いっかい》の扇売り又一郎にその気があるのなら話は別だが、幾千代の依頼を受けて又一郎の素行《そこう》を探《さぐ》った亀蔵《かめぞう》親分の話では、又一郎は末広を追い出されてからも、色街《いろまち》で綺麗《きれい》どころを侍《はべ》らせてだだら大尽《だいじん》をしていた頃のことが忘れられず、現在《いま》も末広の主人《あるじ》になりすまし、稽古《けいこ》帰りの芸者を摑《つか》まえては、女房に死なれた、おめえを身請《みうけ》して後添いにと囁《ささや》き、裏茶屋《うらぢゃや》這入《ばいり》をやっているという。

つまり、又一郎の万八《まんぱち》（嘘《うそ》）に引っかかった女《おな》ごは一人や二人ではないということ……。

しかも、又一郎は牛込簞笥《うしごめたんす》町《まち》の裏店《うらだな》を訪ねて行った亀蔵を前にして、現在《いま》の自分は大店《おおだな》の主人《あるじ》ではなく一介の担《にな》い売りだと正直に打ち明けていたら、幾富士は身も心も許してくれただろうか、それに、自分は相手の女ごに金を貢《みつ》がせたわけではなく、大店の内儀《ないぎ》にしてやると嘘を吐《つ》いただけで、女ごに束《つか》の間の夢を見させてやったのだ、と嘯《うそぶ》いたという。

又一郎は骨の髄《ずい》まで女誑《おんなたら》しだったのである。

が、運命とはなんと皮肉なものだろう。騙された知った幾富士が、又一郎のことを忘れようと思ったその矢先、身籠もっていることを知ったのである。

幾富士は迷いに迷った末、産むことに決めた。

又一郎に未練はないが、嘗《かつ》て、姉のおやすが奉公先の主人《あるじ》に手込めにされ、挙句《あげく》、中条流《ちゆうじようりゆう》の子堕《こお》ろしを強《し》いられ生命《いのち》を失ったことを思い出したのである。

幾富士の親代わり幾千代も、嘗て一度の過《あやま》ちで二度と子の産めない身体《からだ》になってしまっていたので、幾富士の産む子は天からの授《さず》かりもの、みすみす名草《なぐさ》の芽を摘《つ》み取ることはないと思ったのである。

だが、またもや、幾富士の身に悲運が襲いかかろうとは……。

というのも、岩田帯《いわたおび》を巻いた直後から、幾富士に子腫《ししゆ》(妊娠中毒症《にんしんちゆうどくしよう》)の症状が出始めたのである。

そうして、臨月《りんげつ》を迎えたある日、幾富士の胎児《たいじ》の動きが止まった。

臍《へそ》の緒《お》が首に絡《から》まり、胎内《たいない》で赤児《やや》が死亡したのである。

急遽《きゆうきよ》、内藤《ないとう》素庵の手で麻酔《ますい》をしないまま切開施術《せつかいしじゆつ》を受けた、幾富士……。

幸い、幾富士は生命《いのち》を取り留《と》めたものの、赤児《やや》を失い、そのうえ腎疾患《じんしつかん》の後遺症《こういしよう》に悩まされることになったのだった。

あれから十月《とつき》……。

病は一進一退《いっしんいったい》で、当初、正月明けにはと思っていた芸者復帰も、流行風邪《はやりかぜ》を拗《こじ》らせてみたりで延《の》びに延び、やっと四月の末、そろそろ芸事の稽古に戻ってもよいだろうと素庵の許しが出たのである。

幾富士は自宅療養中も三味線《しゃみせん》の稽古を続けていたので、あとは舞《まい》だけであるが、これはお座敷に出ながらぼつぼつということにして、ようやく今日、柏屋のお座敷で復帰することになったのだった。

幾富士が厨から箱膳《はこぜん》を手に戻って来る。

「小鯛《こだい》の尾頭付《おかしらつき》を用意してくれたんだね」

「そりゃそうさ。今日は幾富士の復帰一日目だもの！　おたけが気を利《き》かせたんだよ。もっと大きな鯛がよかったんだが、まっ、気は心でさ！　さっ、お食べ」

幾富士が嬉《うれ》しそうに頬を弛《ゆる》め、小鯛の焼物《やきもの》に箸《はし》をつける。

箱膳の上には、小鯛の他に出汁《だし》巻玉子《まきたまご》、芹《せり》と切干大根《きりぼしだいこん》の胡麻和《ごまあ》え、若布《わかめ》と豆腐《とうふ》の味《み》噌汁《そしる》が……。

朝餉膳《あさげぜん》にしては豪華《ごうか》だが、おたけの心尽《こころづ》くしなのであろう。

「それにしても、おたけ、遅いね。一体どこまで行っちまったんだろう」

幾千代が伸び上がるようにして、厨のほうを窺う。

「おかあさん……」

幾富士が箸を止めて、幾千代を見る。

「なんだえ?」

「姫が産んだ子猫のことだけど、今回だけ、あたしの猫として傍に置いちゃ駄目だろうか……。ううん、全部というんじゃないんだよ。一匹だけ……。その子猫に芙蓉《ふよう》って名をつけ、死んだあの娘《こ》にかけてやれなかった情をかけてやりたくってさ」

この世に生をみなかった、娘芙蓉のことをいっているのである。

「おまえの猫として一匹だけ傍に置くのは、そりゃ構わないさ。けど、死んだあの娘《こ》と同じ名前にするのはどうだろう……。第一、それじゃ芙蓉に対して済まないじゃないか」

「そんなことはない! 子猫に芙蓉って名をつければ、否《いや》でも応《おう》でも、毎日、芙蓉、芙蓉って口に出してあの娘《こ》の名を呼ぶことになるだろ? きっと、あの娘《こ》も悦《よろこ》んでくれると思うんだ。だって、そうでもしないと、いつしか、あの娘《こ》のことを忘れちまうような気がして……」

幾千代は息を呑《の》んだ。

まさか、幾富士がそんなことを考えていたとは……。

「そうだねえ……。死んだ娘の名を猫につけるなんて不謹慎《ふきんしん》のように思うが、まっ、いいだろう。けど、おまえ、姫が連れ帰ってきた子猫の中に、雌《めす》がいなかったらどうすんのさ。雄猫《おすねこ》でも、芙蓉ってつけるのかえ？」

「……」

「だろう？　だからさ、そのことは姫が子猫を連れ帰ってから考えればいいことじゃないかえ？　さあて、此度は何匹連れ帰るのか……。いずれにしても、うちの子にはすぐに貰い手がつくから安心だ。さあさ、早く食っちまいな！　湯屋《ゆや》に行かなきゃなんないし、四ツ（午前十時）には廻り髪結《かみゆい》がやって来るんだからさ」

幾千代は煙草《たばこ》を一服すると、ポンと煙管《きせる》の雁首《がんくび》を灰吹《はいふ》きに打ちつけた。

他人《ひと》のことどころではない。

幾千代もそろそろ仕度を始めなければならないのである。

幾富士が箱屋《はこや》を供に南本宿《みなみほんじゆく》の料理屋澤村《さわむら》の玄関を潜《くぐ》ると、二階から下りてくる芸者の三弥《みつや》と目が合った。

三弥の背後には、地方《じかた》（鳴り物担当の芸者）菊丸《きくまる》が……。

どうやら、次の座敷へと廻るところのようである。

「おやっかな（驚いた）！　誰かと思ったら、幾富士さんじゃないか……。身体はもういいのかえ？」

三弥が挑《いど》むような目で、幾富士の頭の先から爪先《つまさき》まで舐《な》め下ろす。

「ええ、お陰さまで、もうすっかり……」

幾富士は怯《ひる》むことなく、毅然《きぜん》と三弥に目を据《す》えた。

「少し瘦《や》せたんじゃないかえ？　けど、良かった！　これでまた南宿《なんじゆく》にも活気が戻るというもんだよ。けど、三弥さんがいなくなるんじゃね」

菊丸がちらと三弥の顔を流し見る。

「三弥さんがいなくなるって……」

幾富士が訝しそうな顔をすると、菊丸が言っちゃっていいだろ？　と三弥に目まじする。

「それがさ、此度、三弥さんが一麟堂《いちりんどう》の旦那に落籍《ひか》されることになってさ！　落籍されるったって、手懸《てかけ》じゃないよ。ちゃんと後添いに直されるんだからね。一麟堂といえば、日本橋呉服町《にほんばしごふくちょう》の大店だ。その内儀になれるってんだから、今、芸者衆《げいしゃし》の中でもその話題で持ちきりなのさ。果報者《かほうもの》だよ、三弥さんは！」

三弥は菊丸から御髭《おひげ》の塵《ちり》を払うようなことを言われ、得意げにふふっと嗤《わら》った。

「おや、そうだったのかえ。それはお目出度《めでと》うござんすね」

幾富士がちょいと頭を下げる。

「そういえば、誰かさんも大店の主人《あるじ》に落籍されて後添いにってことだったけど、あれって、眉唾《まゆつば》だったんだってね？　けど、あたしの場合は万八なんかじゃないからさ。祝言《しゅうげん》は明後日《あさって》……。今日は挨拶《あいさつ》かたがた得意先廻りをしてるのさ」

三弥は棘《とげ》のある言い方をした。

幾富士がぶるっと身体を顫《ふる》わせる。

が、ここで三弥の挑発に乗ったのでは、恥の上塗《うわぬ》りである。

幾富士が男に騙され父《てて》なし子を産んだことは周知《しゅうち》の事実なのだから、ここはぐっと堪《こら》える以外にないだろう。

箱屋の町造《まちぞう》が気を利かせ、割って入ってくる。

「姐《ねえ》さん、そろそろ柏屋さんのお座敷に行きやせんと……」

幾富士は町造を振り返ると、

「柏屋のお座敷は線香四本（二時間）だからね。間違えないように迎えに来ておくれよ」

と言った。

幾富士は三弥に目を戻すと、それじゃ、三弥さん、どうぞしてお幸せに、と頭を下げ、三弥の脇をすり抜けた。

が、腹の中では、怒りで煮《に》えくりかえっていた。

三弥は置屋《おきや》吉川《きっかわ》の芸者である。

幾富士とほぼ同時期に半玉《はんぎょく》となり、これまで三味線や舞で二人は競《きそ》い合ってきたのだが、三弥は幾富士より五歳も歳下《としした》というのに、一本になるのでは先を越されていた。

しかも、又一郎とのことがあり、幾富士が暫《しばら》くお座敷から離れている間に、こうも大きく水を空《あ》けられていたとは……。

恐らく、三弥が一麟堂の後添いに収まるという話は本当のことであろう。

一麟堂は日本橋呉服町で筆屋《ふでや》を営《いとな》む大店である。

その一麟堂の主人《あるじ》芳右衛門《よしえもん》が二年前に内儀を病《やまい》で亡くし、以来、南本宿に度々《たびたび》遊びに来ていたことは幾富士も知っていた。

確か、歳《とし》は三十路半《みそじなか》ば……。

二十歳《はたち》の三弥とは一廻《ひとまわ》り以上も違うが、決して釣り合いが取れないわけではない。

幾富士もお座敷に出ていた頃、誰が芳右衛門の目に適《かな》うのだろうかと、芸者衆が寄ると触《さわ》ると口っ叩きしていたのを憶《おぼ》えている。

その芳右衛門が、三弥に白羽《しらは》の矢を立てたとは……。

それに引き替え、自分はどうだろう……。

まんまと又一郎の口車に乗せられ身籠もったのであるから、三弥に侮蔑《ぶべつ》されても仕方がない。

とどのつまり、身持ちの悪い、転《ころ》び（身体を売る芸者）と同じことをしてしまったのである。

悔《くや》しいというより、恥ずかしかった。

久方ぶりにお座敷に出れば、誰彼となく口に毒を盛った言い方をしてくるだろうと覚悟はしていたが、一番言われたくない三弥から、いの一番に言われてしまうとは……。

しかも、何が悔しいといって、素直に三弥の幸せを悦んでやれない自分が口惜《くちお》しくて堪《たま》らない。

「他人《ひと》と比べるんじゃないよ！　他人《ひと》は他人《ひと》、おまえはおまえなんだからさ」

幾千代からは口が酸《す》っぱくなるほど言われているのに、他人《ひと》の幸せを素直に悦べないとは、自分はそこまで肝っ玉の小さな女ごだったのであろうか……。

幾富士は階段を上り詰めると町造を振り返り、三味線を受け取りながらふうと肩息《かたいき》を吐いた。

そうして、柏屋のお座敷を済ませ、家路に就《つ》こうとしたときである。

迎えに来た町造が耳許《みみもと》で囁いた。

「さっきはよく辛抱《しんぼう》なさいましたね」

えっと、幾富士は町造に目を返した。

「なに、人の噂《うわさ》も七十五日……。姐さんが復帰なすった直後だから、皆、目引き袖《そで》引き噂してやすが、そのうち、そんなこともあったっけってなもんで、忘れちまいやすよ。それに、姐さんみてエなことは、この世界じゃ掃《は》いて捨てるほどありやすからね。子堕ろしをしてみたり、隠れて産んで里子に出すって話はそこら中に転がってやすよ。あっしら箱屋は耳に胼胝《たこ》が出来るほど、そんな話を聞いてやすからね」

「じゃ、おまえさんはあたしのことを転びと軽蔑《けいべつ》していないというんだね」

「当たり前じゃありやせんか。第一《でえいち》、姐さんは銭のために身体を売ったわけじゃねえ……。末広の元旦那を信じてたんでやしょう？」

　幾富士は返答に困った。

　又一郎を信じていなかったわけではない。

　だが、自分は又一郎がただの担い売りと知ってからは、大店の内儀に収まらなくてもいい、手鍋提《てなべさ》げてもおまえと所帯を持ちたい、と又一郎を追いかけようとしなかったのである。

　勿論《もちろん》、そうしなかったのは、又一郎の女《おな》ごが自分一人ではなく、内儀にしてやるという言葉も女ごを口説《くど》く手段にすぎなかったと知ったからであるが、それでも心底惚《ほ》れ込んでいたのであれば、騙されたと知っても尚《なお》かつ、追いかけていたであろう。

　だから、あたしはそこまで又一郎に惚れていたわけじゃない……。

　しかも、お腹に赤児《やや》がいると知ったときには、又一郎への恨《うら》みがいつしか腹の中の子に移り、おぞましくて仕方がなかったのであるから……。

　町造は幾富士の沈黙を肯定《こうてい》と受け止めたようで、励ますように言った。

「だったら、悔《く》やむこたァありやせんや。姐さんにはこれからまだ先がある……。なんせ、幾千代姐さんがついてるんだからよ、心強《こころづえ》ェことこのうえなし！　まっ、芸を磨《みが》くことだな。それによ、三弥の奴、鬼の首でも取ったかのような言い方をしていたが、あいつだってこの先何があるかしれねえんだからよ。皆は一麟堂という大店の内儀に迎えられる三弥を果報者というが、あの旦那には永《なげ》ェこと寝たきりのお袋がいるそうで、まっ、早《はえ》ェ話、姑《しゅうとめ》の世話をしに行くようなもんでよ。大店なんだから、お端女に姑の世話をさせればいいと思うだろうが、そうは虎《とら》の皮……。というのも、あの姑、よほど扱いづらい女ごとみえ、ご隠居仕えのお端女が次々と辞《や》めていくそうでよ。それで女房なら、世間体《せけんてい》を考え多少のことでは音《ね》を上げねえだろうと、後添いを貰うことにしたそうでよ。それも地娘《じむすめ》（素人）ではなく芸者を選んだのは、大店の内儀という餌につられ、ちょっとやそっとでは女房の座を手放さねえのじゃなかろうかと睨《にら》んだからでよ。あの旦那、此《こ》の中《じゅう》、南本宿に通ってきては、芸者を値踏《ねぶ》みしてたというからよ。三弥が選ばれたのは、あいつの気の勝った性格が買われたから……。あいつなら、弱みを見せるのが嫌さに辛抱するのじゃねえかと読んだのに違《ちげ》ェねえんだ！　なっ、そう考えてみると、何が幸せか判《わか》らねえだろ？　案外《あんげえ》、幾千代姐さんみてェに、色事には目もくれず芸一筋に生き、遊び人相手に大尽金《だいじんがね》を貸して身上《しんしょう》を肥《こ》やすほうが幸せかもしれねえしよ！」

「けど……」

幾富士が脚《あし》を止め、町造を瞠《みつ》める。

「おまえさん、そこまで一麟堂のことを知っているのに、なんで三弥さんに耳打ちしてやらないのさ！」

ああ……、と町造は嗤った。

「知ってやすよ、三弥は」

「知ってる？　知っていて何故《なぜ》……」

「そりゃ、あいつはあいつで算盤《そろばん》を弾《はじ》いたのよ。いかに扱いにくい姑といっても、そのうちくたばる……。暫く辛抱すれば厄介者《やっかいもの》がなくなり、我が世の春がやってくるんだからよ。あの欲得尽《よくとくづ》くの三弥だもの、そのくれェの算盤は弾いているに違《ちげ》ェねえ……」

「…………」

幾富士は茫然《ぼうぜん》とした。

三弥の心も理解できなければ、それを平然と見ていられる町造の気持も解らない。

「まっ、先のこたァ誰にも判らねえからよ。三弥がてめえで選んだ道だもの、何があろうと後悔はしねえだろうさ」

そんなことを話していると、猟師町の仕舞た屋に着いていた。

「じゃ、あっしはこれで……。明日も、今日と同じ時刻でようござんすね」

「ああ、頼んだよ」

町造は三味線箱を手渡すと、今来た道を引き返して行った。

幾富士は背を返すと、黒板塀《くろいたべい》を潜り中に入って行く。

と、そのとき、目の前を姫がゆっくりと歩いて行くのが目に留《と》まった。

「姫！」

姫が脚を止め、振り返る。

そうして、幾富士が近寄るのを待つと、再び、ゆっくりと玄関の潜り戸に向かって歩いて行った。

どうやら、やっとご帰還のようである。

幾富士は姫が猫用の潜り戸を潜るのを見届け、玄関戸を開けた。

姫が上がり框《かまち》にひらりと飛び上がり、小走りに厨へと入って行く。

「おや、おまえ、やっと帰って来たんだね……。そっか、子猫にオッパイを飲ませるんでお腹が空《す》くんだね。待ってな、今、猫まんまを作ってやるからさ！」

おたけの声が聞こえてくる。

奉公に来たばかりの頃は、泥足《どろあし》で座敷に上がるとか、掃除した端《はし》から毛をばらまいて廻るとか、姫のことを憎体《にくてい》に言っていた、おたけである。

ところが、先代の姫が死を悟《さと》って姿を消したときには、連日、幾千代と一緒にあちこちを捜し廻り、もう二度と姫が帰ってこないと諦《あきら》めた幾千代が先代に瓜割四郎《うりわりしろう》の黒猫を貰ってくると、またか……といった顔をしてみせるにはみせたのであるが、子猫の愛らしさに日頃の憎体口《にくていぐち》が影を潜《ひそ》めたか、おたけにしては珍しく、でれりと目尻を下げた。

「おや、どうしたえ？　おまえ、姫がいなくなってせいせいした、これで掃除が楽になると言ってたんじゃなかったっけ？」

あのとき、確か、幾富士はそんなふうにひょうらかしたと思う。

すると、おたけはムッとした顔をして食ってかかってきた。

「仕方がないじゃありませんか！　姫がいなくなってからの幾千代姐さんを見ていると、まるで魂《たましい》を抜き取られたみたいに気落ちして、とても見てはいられませんからね。それに、この子は先代の姫が生まれ変わって自分の許に戻って来てくれたんだと本気で信じている姐さんの姿を見ていると、掃除に少しばかり手間を取られようと、あたしが辛抱するよりしょうがありませんからね……。けど、言っときますが、あたしは姫が生まれ変わってきたなんて信じちゃいませんからね！」

どうやら、おたけは口で言うほど猫が嫌いなわけではないのである。

それが証拠に、姫はおたけを警戒していないし、それどころか、親しげに傍に寄って行くのである。

動物は本能的に誰が敵か味方かを嗅《か》ぎ分けるという。

いつも餌を貰っているからというだけではなく、相手が自分に心を許しているかどうかを微妙《びみよう》に察知するのではなかろうか……。

幾千代と幾富士がお座敷に出てしまうと、仕舞た屋はおたけと姫だけになる。

思うに、おたけは幾千代たちが見ていないところでは、姫と睦《むつ》まじく過ごしているのに違いない。

それなのに、面と向かうと、さも大変だと背《そむ》けて言うのは、おたけの照れ隠しなのではなかろうか……。

「さあ、お食べ！　おまえさァ、どこで子猫を産んだんだえ？　今朝は随分《ずいぶん》と冷え込んじまったから心配してたんだよ。早く連れて戻っておいでよ。外に放《ほう》ってたら、子猫が死んじまうだろうに……」

おたけが蕩《とろ》けるような声を出し、姫に話しかけている。

幾富士はおたけを驚かせてやろうと足音を忍ばせ、厨の中を覗《のぞ》き込んだ。

腰を屈《かが》めて姫の餌皿《えさざら》を覗き込んでいたおたけがハッと顔を上げ、幾富士の姿を捉《とら》えると、まるで悪さを見つけられたかのように挙措《きよそ》を失う。

「あら、お帰りだったんですか？　だったら、声をかけてくれればよかったのに……」

「おまえがせっかく姫と仲良くしているのに、邪魔《じやま》しちゃ悪いと思ってさ」

「嫌《いや》ですよ！　誰が仲良くなんか……。だって、夕べから出て行ったきりで、やっと今帰って来たんですよ。お腹を空《す》かせているのじゃないかと思ってさ。それより、幾富士さんも今宵《こよい》はやけに早いじゃありませんか……」

「今宵は柏屋さんのお座敷だけだからね。それに、お母さんからもあまり無理をしちゃならないと言われていたもんだから、差し込みは断ったんだよ」

「そうですか……。じゃ、早く着替えて休んで下さいな。姐さんは今宵も帰りが五ツ半（午後九時）頃になると思うんで、幾富士さんは姐さんを待たずに夕餉《ゆうげ》を上がるといいですよ」

「そうだね。そうさせてもらおうか」

「じゃ、急いで夕餉の仕度をしますんで……」

幾富士は閨《ねや》に入ると、常着《つねぎ》に着替えた。

芸者の出の衣装、黒紋付裾模様《くろもんつきすそもよう》に鯨帯《くじらおび》（昼夜帯《ちゅうやおび》）の一つ結びを脱《ぬ》いで、滝縞《たきじま》の小袖《こそで》に更紗帯《さらさおび》を路考結《ろこうむす》びに締《し》めると、すっかり町家風《まちやふう》となる。

幾富士は脱いだ紋付を衣桁《いこう》に架《か》けると、茶の間に入って行った。

すると、どうだろう……。

餌を食べ終えた姫が、茶の間の隅に設《しつら》えた竹籠の中に収まり、しどけない恰好《かっこう》をして毛繕いをしているではないか。

これまでは、子猫を連れ帰ってからでないと入らなかった姫が、なんという変わりようであろうか……。

「姫、どうしたえ？　おまえが籠に入るなんて珍しいことがあるもんだね」

が、姫は片脚《かたあし》を上げて毛繕いをしながらちらちらと幾富士を見ただけで、再び、背中に顔を廻して忙《せわ》しげに毛を舐《な》め始めた。

長火鉢で鉄瓶《てつびん》がしゅるしゅると音を立てている。

幾富士は茶櫃《ちゃびつ》の蓋《ふた》を開けると、茶の仕度を始めた。

ふっと、澤村の玄関先で擦《す》れ違ったときの、三弥の挑むような目を思い出す。

振り返るに、三弥とは常に切磋琢磨《せっさたくま》してきたように思う。

半玉になったのもほぼ同時期ならば、三味線や舞の師匠も同じ……。

花柳界《かりゅうかい》に入るのが出遅れた幾富士は、五歳歳下の三弥に負けじと常に競い合ってきたのである。

その三弥が幾富士に先駆《さきが》け一本になったときには、地団駄《じだんだ》を踏んで悔しがった。

幾千代が一本のお披露目《ひろめ》をしてくれないのであれば、水揚《みずあ》げしてくれる旦那を自分で捜すとばかりに小細工《こざいく》を弄《ろう》して、幾千代からこっぴどく叱《しか》られたこともある。

「あちしは今日ほど恥をかいたことはない！　半玉が客に水揚げしてくれと直談判《じかだんぱん》をするなんて、この道何十年のあちしは聞《い》いたことがないからね。そんなことをしたんじゃ、芸者屋なんて要らないじゃないか！　花柳界には花柳界の決まりってものがあるということを忘れてもらっちゃ困るよ。そりゃさ、うちは正式の芸者屋じゃない。けれども、自前のあちしがおまえを一人前にと育てているのだから、芸者屋と変わりはしないんだ。だから、おまえをお披露目させるのは、あちしの務《つと》め……。おまえに旦那を宛《あて》がい、水揚げしてもらったうえでお披露目をしようが、あちしだけの手でしようが、それはあちしの腹ひとつで決まるんだ……」

「幾富士、おまえが競争相仕《きょうそうあいし》に先を越《こ》されて、焦《あせ》る気持は解る。けど、壁に馬を乗りかけるようなことをして、貧乏《びんぼう》くじを引くようなことだけは避《さ》けようじゃないか。果報は寝て待て……。きっと、おまえにも風が吹くからさ」

幾千代は烈火《れっか》のごとく怒り、そして諄々《じゅんじゅん》と諭《さと》した。

幾千代には幾千代で、幾富士のお披露目には腹積《はらづ》もりがあったのである。

これまでも、幾千代は旦那を持たずに出居衆《でいしゅ》（自前芸者）でやってきた。

その意地もあり、女ごの細腕《ほそうで》ひとつでここまで出来たのだということを世間に見せつけたくて、幾富士のお披露目には金に糸目《いとめ》をつけないつもりでいたのである。

ところが、幾千代が言い交《か》わした半蔵《はんぞう》の弟が品川宿《しながわしゅく》を訪ねて来て、小金井村《こがねいむら》に溜池《ためいけ》を造るために百二十両融資《ゆうし》してくれと頼み込んできた。

幾千代が芸者業の傍《かたわ》ら大尽金を貸し、貯《た》め込んでいると知ったからであろう。

幾千代には、深川で遊女をしていた頃、半蔵という言い交わした男がいた。

ところが、半蔵は幾千代を身請しようと爪《つめ》に火を点《とも》すようにして十両の金を貯め込んでいたばかりに、お店《たな》の金を盗んだと冤罪《えんざい》を蒙《こうむ》り、鈴ケ森《すずがもり》で処刑されてしまったのである。

このことにより、幾千代は半蔵の肉親にどんなに償《つぐな》っても償いきれない忸怩《じくじ》としたものを抱《かか》えることになったのである。

せめて、小金井村の百姓を救うことで、その償いが出来るのであれば……。

そう思い、幾千代は大枚《たいまい》百二十両をポンと叩《はた》いたばかりだったのである。

幾富士は強《したた》かに頰を打たれたように思った。

「お母さん、ご免なさい。あたし、考え違いをしていました。お母さんが小金井村の百姓のために百二十両もの金を出したなんて知らなかったものだから……。あたし、大井村の水吞百姓《みずのみびやくしよう》の育ちだから、旱《ひでり》が百姓をどんなに困窮《こんきゆう》させるのか、知りすぎるほど知っています。それなのに、花柳界に身を置いてからというもの、華《はな》やかな暮らしばかりを目にしてきたものだから、すっかり、そのことを忘れちまってた……。あたしがこうして毎日綺麗《きれい》な着物を着て、欲《ほ》しいだけ食《べ》べ物を口にしている最中《さなか》にも、大井村では、おとっつァんやおっかさんが食うや食わずの立行《たちいき》を強いられているんです。あたし、お母さんの話を聞いて、恥ずかしくなりました。だから、あたし、待ちます。ううん、決して、贅沢《ぜいたく》なお披露目がしたいからじゃない。そうではなくて、お母さんが心《しん》から納得のいったとき、そのとき、お披露目をするのでなかったら、生涯、あたしの心の中に悔いが残ります。あたし、もう焦らない。この世界に入ったのが遅かったんだもの、三弥や若里《わかさと》に後《おく》れを取っても、芸で後れを取ったんじゃないって、そう、割り切って考えればいいことだから……」

幾富士はそう頭を下げたのだった。

が、それから三月《みつき》もしないうちに、幾千代は幾富士のお披露目をしてくれたのである。

それからというもの、幾富士はその恩に応《こた》えようとますます芸に磨きをかけ、三弥に水を空けられることなく、常に競ってきたのだった。

それなのに、又一郎とのことがあり三弥に大きく水を空けられてしまい、しかも、久々にお座敷に復帰してみると、三弥は更に一歩先へと……。

というか、するりと身を躱《かわ》され、三弥は一麟堂の後添いに入るというのである。

三弥のあの勝ち誇った目……。

「けどよ、質《しち》の流れと人の行《ゆ》く末は知れぬというからよ。三弥がこの先どうなるのか判ったもんじゃやねえ……」

町造の言葉が甦《よみがえ》った。

幾富士の胸がきやりと揺れた。

どこかしら、三弥が不幸になることを望んでいる自分を見たように思ったのである。

嫌だ、あたしって……。

「さあ、夕餉の仕度が出来ましたよ」

おたけが箱膳を手に入って来る。

「今宵は鰈《かれい》の煮付《につけ》に雪花菜《きらず》（おから）、豆ご飯に蜆汁《しじみじる》ですよ」

おたけはそう言うと幾富士の前に膳を置き、姫を横目に、おやまっ……、と目をまい、いじくじさせた。

「一体、いつから……」

「驚いただろ？　あたしもまさかと目を疑ったんだけど、姫ったら、自分から籠の中に入ったみたいでさァ」

現在《いま》、姫は毛繕いを終え、竹籠の中で丸くなって眠っている。

「今まで、こんなことってなかったよね？」

幾富士がそう言うと、おたけが大仰《おおぎよう》に頷《うなず》いてみせる。

「まだ子猫を連れ帰っていないというのにさァ……。子を放っといて自分だけのうのうと眠るなんてさ！　これ、姫、起きな！　おまえ、子猫を放ってていいのかえ？」

おたけが姫を起こそうと、手を差し伸べる。

「止《よ》しなよ……。眠らせてやろうじゃないか」

「けど、昨夜ほどではないけど、今宵も冷え込むからね。親が子を放っててよいはずがない……。あらっ？」

おたけが竹籠の中を覗き込み、首を傾《かし》げる。

「何さ……。どうしたのさ」

「いえ、それがね……」

おたけが訝しそうな顔をする。

「ねっ、見て下さいよ。姫のオッパイが膨《ふく》らんでいないでしょう? てことは、子猫がオッパイを吸っていないということ……」

幾富士も竹籠の傍に寄って行き、どれ、と中を覗き込む。

言われてみれば、成程《なるほど》……。

姫の乳首《ちくび》のどれにも、子猫に吸われた跡《あと》が見当たらないのである。

二人は顔を見合わせた。

「おたけさん、どう思う?」

「どう思うかと言われても……。けど、昨日姿を消すまでは、確かに、姫のお腹は膨らんでましたよね?」

「おまえ、この腹の大きさから見て、五、六匹はいるだろうって言ってたじゃないか……」

「ですよねえ……。けど、現在《いま》はお腹がぺちゃんこ……。ということは、やっぱ、どこかで産んだんですよ」

「けど、子猫を産んだ姫が今頃ここでのんびりしているのは解《げ》せないし、第一、オッパイを吸った跡がない……」

幾富士の顔が険《けわ》しくなる。

おたけの顔もさっと曇《くも》った。

「嫌だ……、どうしよう……。死んじゃったんだ！　死産だったか、生まれてすぐに死んだのか……。といっても、一匹くらい助かったっていいものを……。ええエ！　てことは、全部死んじまったってこと？」

おたけは甲張《かんば》った声を上げたが、幾富士の蒼白《そうはく》な顔に気づくと圧《お》し黙った。

「…………」

幾富士がぶるぶると身体を顫《ふる》わせている。

芙蓉を死産したときのことを思い出しているのであろう。

「幾富士さん……。あたし、なんと言っていいのか……。子猫が死んだとまだはっきりしたわけじゃないんだし、もしそうだとしても、それはそれで仕方がないじゃないか。今回は運が悪かったけど、姫はまた子を産めるんだからさ！」

おたけは慰《なぐさ》めのつもりで言ったのであろうが、慰めどころか、それがますます幾富士の心を疵《きず》つけることになろうとは……。

幾富士の目に涙が盛り上がり、堰《せき》を切ったかのように頬を伝った。

「姫はまた赤児《やや》を産めるかもしれない……。けど、あたしは……。あたしさァ、此度は姫の産んだ子猫を一匹、あたしの猫として飼《か》うことにしてたんだ。その子を死んだあの娘《こ》の生まれ変わりと思って、名前も芙蓉とつけることに決めてたんだ……。あたしがそんなことを願ったばかりに、姫の子が死んじまったとしたら……。ごめんよ、姫……。ああ、あたしはなんて罰当《ばちあ》たりなんだろうか……」

幾富士が肩を顫わせる。

「てんごうを！　そんなことがあるわけがない！　そりゃ、あたしも幾千代姐さんが先代の姫がこの子に生まれ変わって来たと言ったときは、信じたくないけど信じようとしたよ。けど、幾富士さんの娘が姫の子に生まれ変わるなんて、天と地が引っ繰り返ったって、あたしは信じないからね！」

おたけは唖然《あぜん》とした顔をした。

呆れ返って、ものも言えないといった面差《おもざ》しである。

「なんだえ、このお騒がせ猫が！　これっ、のうのうと寝てるんじゃないよ。姫、このいけ好かないどら猫が！」

おたけが気を苛《いら》ったように鳴り立てる。

と、姫がむくりと顔を上げた。

何を騒いでいるのかといった様子である。

が、ふァあ……と大欠伸《おおあくび》をすると、再び、腕の中に顔を埋め、眠りに就いた。

「まったく、これなんだから……。だから、あたしは猫が嫌《きら》いなんだよ！　さあさ、幾富士さんも莫迦なことを言っていないで、夕餉を食べちまいな。おや、蜆汁が冷《さ》めちまったじゃないか……。じゃ、今宵はあたしもここで食べることにして、汁《つゆ》を温め直してくるよ」

おたけが重苦しい空気を払うように言うと、汁椀《しるわん》を手に厨に戻って行く。

幾富士は虚《うつ》ろな目でおたけの背を見送り、ふうと太息《ふといき》を吐いた。

何も喉《のど》を通りそうになかった。

「おっ、新茶かえ？」

亀蔵《かめぞう》親分が山吹《やまぶき》を口に含むと、にっと相好《そうごう》を崩《くず》す。

「ええ、山吹ですのよ」

「この香りと甘《うま》みがなんとも言えねえぜ！　もう一杯貰《いっぺえ》おうか」

亀蔵が湯呑《ゆのみ》を突き出す。

おりきはふわりとした笑みを返すと、二番茶を淹れた。

「あれから謙吉《けんきち》は顔を出したのかよ」

「ええ。こちらには顔を出されませんでしたが、昨日、あすなろ園に赤本《あかほん》を届けに来られたそうですよ」

「なつめの奴が菊坂町《きくざかちょう》に移って、一廻り（一週間）か……。で、謙吉はなつめのことで何か言ってたかよ」

「ええ、貞乃《さだの》さまから聞いた話では、なつめちゃん、もうすっかり菊坂町の暮らしに慣《な》れたみたいですよ。近所の手習指南所《てならいしなんしょ》にも通い始めたそうですし、幸い、あの界隈《かいわい》には同じ年頃の子供が多いそうで……。お杉《すぎ》さんがそれはそれは悦んでおられるとかで、なつめちゃんも現在《いま》ではお二人のことを、おとっつァん、おっかさんと呼んでいるそうですの」

「そいつァ良かった！　だが、あんまし溺愛《できあい》すると、お銀《ぎん》の二の舞となるからよ。おりきさん、その点はよく言ってやったんだろうな？」

亀蔵が芥子粒《けしつぶ》のような目で、おりきを瞠める。

「ええ、差出《さしで》と解ったうえで、子供は甘やかせるだけでは駄目だ、ときには叱ること も必要だと言っておきましたわ」

「おう、飴《あめ》と鞭《むち》よな」

「お二人とも、そのことは重々《じゅうじゅう》承知《しょうち》でしたわ。お銀さんのことを思い出されたので しょうね」

「そうけえ。まっ、なつめが幸せに暮らしてくれれば、もう何も言うことはねえから よ」

亀蔵が二番茶を美味《うま》そうに飲み干した、そのときである。

「女将《おかみ》さん、おいででしょうか……」

玄関側の障子《しょうじ》の外から、茶屋番頭の甚助《じんすけ》が声をかけてきた。

「甚助ですか？　どうぞ、お入りなさい」

甚助がそろりと障子を開く。

「あっ、親分……」

甚助は亀蔵の姿を認め、首を竦めた。

「何か？」

「へえ、それが……」

甚助が言い辛《づら》そうに、渋面《じゆうめん》を作ってみせる。

が、意を決したように帳場に入って来ると、亀蔵の隣に腰を下ろした。

「実は、ここのところ、茶屋の売上帳と金箱の金が合わねえことが何度かありやして……。といっても、大した額《てえ》じゃなく、三十文、四十文といった額《がく》なんでやすが、今日は昼餉膳《ひるげぜん》を終えた時点で、小白《こじろ》（一朱銀）一枚足《いちめえた》りやせん」

甚助が困《こう》じ果てたような顔をする。

「足りないって……。けれども、これまで、売上帳と金箱のお金は合っていたではありませんか」

おりきが訝しそうに甚助を窺う。

「実は、これまでは金が足りねえといっても三十文、四十文程度だったんで、茶屋の金箱を預かるあっしの責任と思い、あっしが補《おぎな》っておりやしたんで……。けど、こう度重《たびかさ》なるうえに、今日はまた一朱でやすからね。いかになんでも、女将さんに内緒《ないしよ》であっしが補うのはいかがなものかと思いやして……」

おりきは思わず声を荒《あら》らげた。

「甚助が補っていたですって！　足りないのなら足りないと、何故、そのとき報告しないのですか。足りないのには何か理由《わけ》があるはずです。それを探《さぐ》ろうともしないで、帳尻《ちょうじり》を合わせておけば済むというものではありませんよ」

亀蔵も割って入ってくる。

「女将が言うとおりだ。甚助、おめえ、何か考え違《ちげ》ェをしてるのじゃねえか？　確かに、茶屋の金箱はおめえが預かっている……。それで、やりくじりはてめえの責任と思ってるんだろうが、そう度々とあれば、勘定《かんじょう》を間違えたでは済まされねえからよ！　何か思い当たることはねえのかよ」

亀蔵にどしめかれ、甚助は潮垂《しおた》れ、鼠鳴《ねずみな》きするような声で呟《つぶや》いた。

「思い当たることって……。いえね、ねえこともねえんだが、証拠もねえのに疑っちゃならねえと思って……」

「なんでェ、いいから、言ってみな！」

「いえ、あっしが茶屋番頭を務めて十五年になりやすが、これまでは一度としてこんなこたァなかったもんで、それで、もしかするてェと、茶屋衆《ちゃやし》の中に出来心《できごころ》を起こした奴がいるんじゃねえかと……」

「茶屋衆の中にって、じゃ、おめえは誰かが金箱の金をくすねたと、そう言いてェのかよ？」

甚助は慌てた。

「いや、あっしだって思いたくありやせん！　けど、他に考えようがなくて……」

「では、甚助は誰がくすねたのか見当をつけているというのですか？」

おりきに瞠められ、甚助はますます挙措を失った。

「見当と言われても……。ええい、てんぽの皮！　思い切って言っちめえやす。あっしがもしやと疑っているのは、おまきの跡に入《へえ》った茶立女《ちゃたておんな》のお染《そめ》で……。というのも、これまではこんなことは一度もなかったのに、お染が入《へえ》ってから金がちょくちょく合わなくなる……。てこたァ、もしかしたらと疑いたくなっても仕方がありやせんでしょう？」

おりきと亀蔵は顔を見合わせた。

「甚助、今、おまえは大変なことを言っているのですよ。今まではこんなことはなかったのに、お染が入ってから売上げが合わなくなったのは、お染の仕業《しわざ》と言っているのですからね。そのように短絡《たんらく》に片づけてもよいものでしょうか……。お染が金箱に手をつける現場を誰かが見たというわけでもなく、それでお染を疑うなんて……」

「まさか、おめえ、お染にそのことを言ったんじゃあるめえな？」

亀蔵がじろりと睨《ね》めつけると、甚助は大慌てで両手を振った。

「滅相《めっそう》もねえ……。疑っているというだけで、確信もねえのに、そんなことが言えるわけがねえ！」

亀蔵がおりきを見る。

「お染というのは？」

「おまきの跡に雇《やと》った茶立女なのですがね。先《せん》に白河屋《しらかわや》で茶立女をやっていたというものですから、一から教え込むよりよいかと甚助に言われ、雇うことにしたのですがね」

怖《お》ず怖ずと、甚助が割って入ってくる。

「なんでも、白河屋を辞めたのは嫁に行くことになったからだというんだが、ところが、姑去《しゅうとざ》り（離縁）されて再び品川宿に戻って来た……。うちじゃ、おくめという出戻りがおりやすからね。そのおくめが昔取った杵柄《きねづか》とばかりに、それはもう、痒《かゆ》いところに手が届くみてェに気が利くもんだから、お染もその手合いだと思い、仔細《しさい》を質《ただ》すことなく雇ったのでやすがね」

亀蔵は蕗味噌《ふきみそ》を嘗《な》めたような顔をした。

「けどよ、出戻りを雇うのは構わねえとしても、何ゆえ、お染は先《せん》にいた白河屋に戻らねえ？　常なら、気心の知れた見世《みせ》に戻るのが筋じゃねえか……。それを、わざわざ別の見世を選ぶとは解せねえよな？　何か白河屋に帰りづれェことがあるとしか考えられねえじゃねえか」

「いえ、あっしもそのことが気になったもんだから、お染に質したんでやすよ。そしたら、あいつ、白河屋にいた頃から立場茶屋おりきに憧《あこが》れていたと言いやしてね。使用人が和気藹々《わきあいあい》としていて、いつも羨《うらや》ましく思っていたが、これまでは白河屋を辞めて立場茶屋おりきに雇ってくれと言えなかったが、幸い、此度は嫁《とつ》ぎ先を出されてからのことなので、白河屋に義理を立てることはないと思ったと言いやしてね。そう言われてみると、あっしも成程と思いやして……」

亀蔵がうーんと腕を組む。

「おりきさんが言うように、無闇《むやみ》に人を疑っちゃならねえが、それとなく、お染が白河屋にいた頃どうだったのか、俺も調べてみるよ」

「でも、そんなことをしたのでは、お染の立場が悪くなりませんこと？　白河屋では現在《いま》お染がうちにいることを知らないのでしょうからね。わたくしが白河屋の立場だとすれば、お染が出戻ったのなら、何ゆえ自分のところに戻って来ないのかと、気分を害しますもの……」

おりきは亀蔵に目を据えた。

「おりきさんよォ、人の疝気《せんき》を頭痛に病むもんじゃねえや。俺がそんなへまをすると思うかえ？　委《まか》せときなって！　それとなく探ると言っただろうが……。白河屋名物の饂飩《うどん》でも啜《すす》りながら、世間話でもするようにして茶立女から聞き出すからよ」

亀蔵の言葉に、甚助もほっと眉《まゆ》を開いたようである。

甚助はぺこりと頭を下げると、

「済みやせん。そんなわけで、今日は一朱足りやせんので……」

と言って、茶屋に戻って行った。

おりきは改まったように亀蔵を見た。

「他人《ひと》を疑うことほど嫌なことはありませんが、ことに、店衆《たなし》を疑わなければならないことほど辛《つら》いものはありません。杞憂《きゆう》に終わってくれればよいのですがね……」

「ああ、そういうこった。が、まだ何も判っちゃいねえんだ。案外《あんげえ》、甚助が焼廻《やきまわ》っちまって、売上帳の記載《きさい》を間違えたのかもしれねえしよ！」

亀蔵が気にするなとばかりに、にっと笑ってみせる。

おりきは心《しん》から、そうだとよいのに、と思った。

ところが、翌朝のことである。

茶屋の二階の使用人部屋で、ひと悶着《もんちゃく》あったのである。

女衆《おなごし》が眠る十畳間で、茶立女のおなみがけたたましく鳴り立てる声が響《ひび》き渡った。

「誰かあたしの金を盗《と》っただろう！　巾着袋《きんちゃくぶくろ》に入れて柳行李《やなぎごうり》の底に隠していた細金《こまがね》がどこにもないんだよ。ほら、皆も知ってるだろう？　小裂《こぎれ》を接《は》いで作った巾着袋だよ」

「朝っぱらからなんだえ……。おまえ、仕舞《しま》い場所を替えたのを忘れてるんじゃないのかえ？」

女衆を束《たば》ねる古株《ふるかぶ》のおよねが宥《なだ》める。

が、おなみは激昂《げっこう》し捲《まく》し立てた。

「隠し場所を替えるわけがないだろ？　あたしがここに細金を入れることは誰もが知ってるし、これまでは物がなくなるなんてことはなかったんだ！　それだけ、あたしらは信頼し合ってきたんだからね。まさか、なくなるなんて考えられないじゃないか」

「おなみ、まあ気を鎮《しず》めなよ。もう一遍、行李の中のものを全部出して、よく調べてみることだね。ほれ、あたしも手伝ってやるからさ……」

およねが傍に寄って行く。

蒲団部屋《ふとんべや》に蒲団を片づけに行っていた女衆も戻って来て、部屋の隅で目引き袖引き囁《ささや》き合っている。

おなみは行李の中から、袷《あわせ》、単衣《ひとえ》、胴着《どうぎ》、腰巻《こしまき》といったものを取り出した。

すると、帯を取り出そうとしたそのとき、畳《たたみ》の上に巾着袋がぽとりと落ちた。

「ほれごらんよ。ちゃんとあるじゃないか……。まったく、人騒がせなんだから！」

およねが呆れ返った顔をする。

おなみは慌てて巾着袋を手に取ると、中を改めた。

「いや違う！　誰かが中の金を盗んだんだ。だってさ、小白が五、六枚入っていたのに、一枚しか残っていない……。なんだよ、あとは穴明《あなあ》き銭（四文）ばかりじゃないか！　誰かが盗んだんだよ。だって、あたしはいつも行李の底に巾着袋を隠してたんだよ？　ねっ、およねさんだって見ただろう？　今、巾着袋は帯の間から落ちたんだ……。だから、誰かが小白を抜き取ったに違いないんだよ！」

「何言ってんのさ！　行李の底に入れたつもりが帯の間に挟《はさ》まったのかもしれないし、第一、あたしたちはおまえが巾着袋の中に幾ら入れてたのか知らないんだよ。だから、小白がなくなったと言われてもさァ……」

およねが困じ果てたような顔をする。

が、部屋の隅に突っ立った女衆に目を留めると、おまえたち、何をやってるんだえ！　と苛ったように鳴り立てた。

「早く階下《した》に下りな！　見世の掃除をしたり、朝餉の仕度をしなくちゃなんないんだからさ。まったく、朝は忙しいのが解っているのになんだえ！」

女衆が怯《ひる》んだように後退《あとじさ》りする。

すると、おなみが甲張《かんば》った声で、それを制した。

「お待ち！　逃げる気かえ。そうはさせないからね！　皆の持ち物を調べさせてもらおうじゃないか！」

「おなみ、てんごうを言ってんじゃないよ！　おまえ、この部屋の誰かが盗んだとでもいうのかえ？　巾着袋はあったんだ。第一、皆の持ち物を調べたって、小白におまえの名前が書いてあるわけじゃないだろ？　だったら、おまえの小白とどうして判るんだえ？　この糞忙《くそいそが》しいときに莫迦なことをするもんじゃないよ。おまえ、仲間が信じられなくてどうすんのさ！」

およねはそうどしめくと、パァンパァンと手を打った。

「さっ、皆、いいから、早く見世に出るんだよ！」

茶立女たちが面食《めんく》らった様子で、階下へと去って行く。

その中に、先《さい》つ頃、立場茶屋おりきに入ったばかりのお染の姿があった。

歳《とし》の頃は三十路もつれ……。

虫も殺さないような、穏《おだ》やかな顔をしている。

おなみはお染の後ろ姿に目を留めると、ちっと舌を打った。

「きっと、あの女ごの仕業だよ！」

「おなみ、言ってよいことと悪いことがある。何を証拠にそんなことをいうんだえ」

およねが厳しい目で、おなみを睨めつける。

「だって、あの女ごが来るまで、こんなことはなかったんだ！　およねさん、後生一生《ごしょういっしょう》のお願いだ。お染の持ち物を調べておくれよ」

「まだそんなことを言ってるのかえ……。いいかえ？　仮に、お染の持ち物の中から小白が出てきたとしても、それがどうしておまえの小白だといえる？　おまえの巾着袋に手をかけた現場を押さえなきゃ、何も文句は言えないんだからね」

「ああ、いいさ！　およねさんがあの女ごの肩を持つのなら、あたし、茶屋番頭に、いいんや、女将さんに言いつけてやる！」

おなみが髪を振り乱し、甲張ったように鳴り立てる。

「天骨《てんこち》もない！　茶屋番頭や女将さんに言いつけたところで同じさ。あたしと同じ答えをするに違いないんだからさ。それにさ、盗られて困るものを不注意に柳行李に隠していたんだもの、それで他人《ひと》を責めたって仕方がないじゃないか……」

「だって、これまでは皆のことを信頼していられたんだもの……。それにさ、他に隠し場所なんてないじゃないか」

「だから、いつも茶屋番頭が言ってるじゃないか。大切なものは茶屋番頭が預かり、保管しておくって……」

「あたしだって預けてるさ。けど、細金はいつでも使えるように手許《てもと》に置いておきたいじゃないか……」

おなみが今にも泣き出しそうな顔をして、潮垂れる。

「さあさ、気を取り直して！　あたしたちも階下に下りようじゃないか」

およねがおなみの肩をポンと叩く。

おなみは不貞腐《ふてくさ》れたような顔をして、とろとろとおよねの後に続いた。

階下では、茶立女たちが見世の掃除にかかり、追廻《おいまわし》が茶屋衆の朝餉を作っていた。

茶屋衆の朝餉が終われば、朝餉膳《あさげぜん》の仕度にかからなければならない。

朝は一時《いっとき》の猶予《ゆうよ》もなかった。

そうして、板頭《いたがしら》、焼方《やきかた》、煮方《にかた》、追廻が客用の朝餉膳の仕込みにかかる頃、茶屋番頭の甚助がやって来る。

家庭持ちの甚助は自分の家で朝餉を済ませて来るので、茶屋入りは比較的ゆっくりとしていて、大概《たいがい》、六ツ半（午前七時）頃となる。

およねは甚助の姿を認めると、何気ない振りで傍に寄って行き、後で話があるので……、と耳打ちした。

おなみには茶屋番頭に言いつけることはないと言ったが、やはり、女中頭《がしら》として、問題のあったことを報告しておいたほうがよいと思ったのである。

「おっ、俺もおめえにちょいと言っておきてェことがあってよ……」

甚助は目弾《めはじき》をしてみせた。

どうやら、甚助もおよねにだけは、金箱の金が抜き取られているようだ、と耳打ちしておくほうがよいと思ったようである。

が、口切《くちきり》（開店）するや、朝餉膳の客で席の暖まる暇がないほどの忙しさとなった。

結句、甚助がおよねを中庭に呼び出せたのは、昼餉《ひるげ》膳《ぜん》の怱忙《そうぼう》が収まった八ツ（午後二時）で、茶屋衆の中食時《ちゆうじきどき》だった。

中庭の藤棚《ふじだな》では、やっと藤の蕾《つぼみ》が開きかけたばかりである。

およねは甚助から茶屋の金箱から金が抜き取られていると聞き、さっと顔を曇らせた。

「実はね、使用人部屋でも今朝こんなことがありましてね……」

およねはおなみが巾着袋から小白を抜き取られたと騒いだことを報告した。

「なんと……」

甚助が苦虫《にがむし》を噛《か》み潰《つぶ》したような顔をする。

「おなみの思い違《ちげ》ェでねえとしたら、あいつの言い種《ぐさ》でもねえが、お染が入《へえ》るまではこんなことがなかったんだから、疑いたくもなるよな？　けど、弱ったぜ……。直接問い質すにしても、証拠がねえのじゃどうしようもねえぜ」

「女将さんはなんと？」

「現在《いま》の段階でお染を疑っちゃならねえと、そう言われるのよ」

甚助は弱りきったように空を仰《あお》いだ。

「けど、このまま放っておいてもよいものかしら……。疑いたくはないけど、あたしもどこかしらお染が疑わしくなってきましたからね。かといって、お染に見張りをつけるわけにもいかない……。それでなくても人手不足で、お染のことにかまけていられないんだからさ」

「そういうことよのっ……。現在《いま》、お染が先《せん》にいた白河屋を亀蔵親分が当たっているから、やっぱり、その報告を聞くまでは何も手が打てねえってことか……」

甚助が太息を吐く。

「なんでまた、お染なんて女ごを雇っちまったんだろうか……。まったく、おまきに辞められて参っちまったぜ。今思えば、おまきは我勢者《がせいもの》で、正直者だったもんな。やれ、四人の子持の男鰥《おとこやもめ》におまきを攫《さら》われるとは、後悔先に立たず……。こんなことなら、あいつを下高輪台《しもたかなわだい》に行かせるんじゃなかったぜ！」

「死んだ子の歳を数えるようなことをしても仕方がないけど、番頭さんの言うとおり……。おまきが懐《なつ》かしくてしょうがないよ」

およねも苦々《にがにが》しそうに唇を嚙む。

「まっ、ここで四の五の言ってみても埒《らち》が明かねえや！　取り敢《あ》えず、俺《おり》ャ、帳場を離れるときには金箱に鍵《かぎ》をかけることにしたんだが、おめえも茶屋衆に持ち物の管理を怠《おこた》らねえようにと耳打ちしとくんだな」

「けど、そんなことをしたんじゃ、いかにもお染を疑っているようで、もしもお染が潔白《けっぱく》だとしたら疵つけることになるんじゃないかしら？」

「なら、おめえは手を拱《こまね》いて見ていろと？」

「そういうわけじゃ……。ただ、お染って女ごは白河屋で茶立女をやっていただけのことはあって、一から教えなくてもきびきびと立ち働いてくれるもんだからさ……。あたしたちが警戒したばかりに心証《しんしょう》を害することにでもなっては……」

「まあな……。おめえの言うのにも一理《いちり》ある。この人手不足の折に、また新《あら》たに茶立女を捜さなければと思うとよ。が、手《て》癖《くせ》の悪い奴を見世に置いておくわけにはいかねえからよ！　とにかく、用心することった」

甚助はそう言うと、茶屋へと戻って行った。

このときはまだ、甚助もおよねも、お染が使用人部屋の男衆《おとこし》の部屋を荒らし、姿を消したとは知らなかったのである。

およねは茶屋に戻ると、広間を見廻した。

怱忙《そうぼう》を極《きわ》めた昼の書き入れ時も終わり、現在《いま》は四、五人の客がのんびりと遅めの昼餉を摂《と》っていて、茶立女はおなみとおくめの二人しかいない。

「お染は？」

　およねが訊《たず》ねると、おくめは首を傾げた。

「いませんか？　あら嫌だ。中食を摂ると言って四半刻《しはんとき》（三十分）も前に食間に入って行ったのに、まだ食べてるのかしら……。中食は交替で摂ることになってるんだから、こんなにのんびりとされたんじゃ困るってェのにさ」

　おくめが忌々《いまいま》しそうに言う。

　おなみに至《いた》っては、お染という名前すら聞きたくないのか、仏頂面《ぶっちょうづら》をしている。

「まったく、しょうがないね！　今、声をかけてくるから、おくめ、おなみ、お染に替わって中食を摂るといいよ」

　およねはそう言うと、板場の奥にある使用人の食間へと向かった。

　ところが、現在《いま》、食間で賄《まかな》いを摂っているのは、追廻の又三《またぞう》と焼方の新次《しんじ》、茶立女の小春《こはる》だけである。

「小春、お染は？」

　小春は新入りの茶立女だが、およねからいきなり声をかけられ驚いたように振り返った。

「ああ、驚いた……。えっ、お染さんですか？　見世のほうにいるんじゃないかしら

「……」

「おくめが言うには、中食を摂ると言って食間に下がったってんだけどね」

「中食を？　いいえ、お染さんはここには来ていませんけど……」

小春は怪訝《けげん》な顔をして、ねえ、そうだよね？　と新次に目をやった。

新次が頷く。

およねの顔がさっと強張《こわば》った。

嫌な予感がしたのである。

およねは青ざめた顔をして、二階の使用人部屋へと急いだ。

まず、女衆の部屋を覗いてみる。

が、お染の姿はそこにはない。

続いて、男衆の部屋を覗いたおよねは、あっと息を呑んだ。

部屋の隅に各々《おのおの》の柳行李が並べてあるのだが、その悉《ことごと》く蓋が開けっ放しになっていて、中を物色した跡が見受けられるのだった。

およねは前後を忘れ、階下へと駆け下りた。

案の定、見世にもお染の姿は見当たらない。

「番頭さん、早く、早く！」

よ」

　亀蔵が声をかけてきた。

　どうやら、亀蔵は白河屋で聞き込みをして、ひと足先に報告に来たとみえる。

「親分、大変《てえへん》なことが起きやした……」

　甚助は亀蔵の姿を認めると、崩れ落ちるように坐《すわ》り込んだ。

「どうしてェ、真っ青《さお》な顔をして……。大変《てえへん》なこととは？」

「お染の奴、やっぱり、とんだかませ者でやしたぜ……。あいつ、今朝、おなみの柳行李の中から小白数枚を抜き取ったかと思うと、今度は、男衆の部屋を荒らし、姿を消しちまいやがった……」

　えっと、おりきの顔から色が失《う》せた。

「それで、被害は？」

「現在《いま》、弥次郎に言って、男衆の一人一人に持ち物を改めさせてやすんで、おっつけ判ると思いやす……。なんせ、客の手前、騒ぎを大きくすることが出来やせんからね。お染もその点を知ったうえで行動したんだろうが、あの女《あま》、虫も殺さねえような顔をして、とんだどち女《あま》でしたぜ！」

　亀蔵が、糞《くそ》ォ！　と忌々しそうに膝《ひざ》を揺する。

「済まねえ。俺がもう少し早く知らせていればよ。金箱の金をくすねられただけで済み、茶屋衆までが被害を被《こうむ》るこたァなかったのによ……」

亀蔵はそう言い、お染は縁談があって白河屋を辞めたのではなく、見世の金や茶屋衆の金に手をつけ、暴露《ばれ》そうになったので慌てて姿を消したのだと、白河屋の茶立女から聞き出してきたことを話した。

白河屋では、お染がまたもや品川宿に戻って来て、今度は立場茶屋おりきに潜《もぐ》り込んだと知り、驚いていたという。

「何ゆえ、白河屋ではお上《かみ》に訴《うった》えなかったのでしょう」

甚助が首を傾げる。

「それがよ、お染という女ごは決して大金を盗もうとしねえのだとよ。小白か小粒《こつぶ》（一分《ぶ》金）、十文銭と、それも一度にくすねるのではなく、気づかれねえようにちびちびとくすねるもんだから、盗られた者も勘定違《かんじょうちげ》ェかとてめえを疑っちまうそうでよ。ところが、ちびちびでもあんまし度重なると、どうも怪《あや》しいってことになるわな？　それで周囲《まわり》の者が猜疑《さいぎ》の目でお染を見るようになるんだが、お染も然《さ》る者……。危険を悟るや、姿を晦《くら》ませちまう。それで慌てて、では一体幾ら被害にあったのかと改めて調べてみるんだが、何しろ細金のうえに、いつどこでと考えてもはっきりしねえ……。お店では、訴え出たところでしょうがあるめえと諦めてしまうのよ」

亀蔵が唇をへの字に曲《ま》げる。

「要するに、賢《さか》しらな女ごなのよ！　大概のお店は多少のことではお上に訴えねえ。お店から縄付《なわつき》を出したとあっては、てめえもお咎《とが》めを受けなくちゃならねえからよ。大金を盗られたというのならいざ知らず、誰しも、二両や三両の金で暖簾《のれん》に傷をつけたくねえと思うのだろうて……」

「二両や三両……。お染は細金しか盗まねえのでは？」

「細金だろうと、塵《ちり》も積《つ》もればそのくれェにはなるかもしれねえってことでよ。が、立場茶屋おりきでは早《はえ》ェ段階でお染が馬脚《ばきやく》を顕《あらわ》してくれたんだ。不幸中の幸いと思わなくてはならねえだろうな」

亀蔵がそう言ったときである。

およねが書付《かきつけ》を持って帳場にやって来た。

「男衆に持ち物を調べてもらいました。ここに盗られた金額が……」

およねが亀蔵に書付を手渡す。

「なになに……。おなみが小白五枚。てこたァ、一分一朱……。新次が小粒二枚に小白二枚で、二分と二朱。又三が小白一枚に穴明き銭十五枚……。てこたァ、一朱と六十文か。で、竹市《たけいち》が小白二枚に穴明き銭十枚で、二朱四十文。これだけか？　するてェと、締めて一両と二朱百文ってことか……」

「いえ、親分、金箱の中からもちょこちょこと盗まれてやすからね。といっても、締めて二朱ほどでやすが……」

「なっ？　塵も積もればとはこのことでよ。お染がここに来てまだ日が浅《あせ》ェというのに、これだけ稼いで姿を消したんだ。女将よ、それでどうする？　訴えるか？」

亀蔵がおりきに目を据える。

「いえ、それには及びません。今後、他の見世が被害を受けないためにも、本当は訴え出たほうがよいのかもしれませんが、お染をそのような女ごと見抜けなかったのはわたくしどもの責任です。ただ、此度のことで、親分にお染がそんな女ごと判ったからには、今後、この品川宿では二度と悪事が働けないでしょうから、せめて、それを救いと思わなくてはならないでしょう。甚助、今宵、山留《やまどめ》（閉店）になったら、わたくしから茶屋衆に話がありますので、夜食を済ませたら広間に集まるようにと伝えて下さい」

「解りやした」

甚助とおよねが頭を下げて出て行く。

「おりきさんよ、本当にそれでいいのかよ」

亀蔵がおりきの顔を窺う。

「ええ。構いません」

おりきはきっぱりとした口調で答えたが、心なしか、その面差しには寂しさが漂っていた。

その夜、茶屋が山留となってから、おりきは茶屋衆を広間に集めて頭を下げた。

「お染のことは茶屋番頭から聞いていることと思いますが、皆、此度は迷惑をかけて済まなかったね。すべて、お染のことが見抜けなかったわたくしの責任です。そのために、おまえたちに嫌な想《おも》いをさせてしまったことを心より反省し、お詫び致します。許しておくれ……。此度のことは何もかもわたくしの責任です。おまえたちが被害に遭《あ》ったお金はわたくしがすべて被《かぶ》ります。ただ、わたくしが残念に思うのは、此度のことで皆の信頼関係が崩れかけたのではないかということです。わたくしはこれまでも立場茶屋おりきに集《つど》う者は、皆、家族と言ってきました。家族であれば、信じ合わなくてはなりません。仲間ですからね。これまで、わたくしはうちのこの家族、仲間ほど素晴らしいものはないと誇りに思ってきました。ですから、此度のことで、せっかく築いてきた信頼関係を毀《こわ》さないでほしいのです。改めて、もう一度謝ります。おまえたちに嫌な想いをさせてしまって済まなかったね。此度の責任は、すべてこのわたくしにあります。許しておくれ……」

おりきは茶屋衆の前で土下座《どげざ》した。

「女将さん、頭を上げて下さい。あたしたちは何も思っていませんから……」

およねが堪《こら》えきれなくなって、そっと声をかける。

おなみがおりきの傍まで躙《にじ》り寄り、女将さん……、と肩に手をかける。

「あたし、お染を憎《にく》いと思った……。新参者《しんざんもの》のくせして、自分は仕事が出来るんだって顔をして、その裏では、盗みを働いていたんだもの……。だから、巾着袋の中からお金がなくなったと知ってすぐにあの女ごを疑ったし、罵倒《ばとう》もしてやった……。けど、女将さん、あたしたちはちっとも変わっちゃいないんですよ! 今後は二度と、あたしら仲間内で疑ったり探り合ったりしませんので、どうぞもう安心して下さいな……」

おなみの声が顫える。

「有難《ありがと》うよ、そう言ってくれて……。わたくしはおまえたちが人を信じる気持を失うのが、何より怖かった……。では、これまで通り、皆、信じ合い、支え合っていってくれますね？」

「当た棒よ、そうしなくてどうするってか！　なっ、皆、そうだよな？」

板頭の弥次郎が茶屋衆を見廻す。

「そうでェ！」

「女将さん、安心しておくんなせえ！」

「そうだ、そうだ！　俺たちゃ微塵芥子《みじんけし》ほども変わっちゃいねえもんな」

あちこちから声が上がる。

おりきの目に熱いものが込み上げてきた。

ああ……、わたくしはなんて果報者であろうか。こんなにも良い子供たちに囲まれているのだもの……。

今も、弥次郎はキヲや海人《かいと》を先に帰らせて、こうして茶屋衆を束ねようとしてくれているのである。

家庭持ちの甚助にしても、然《しか》り……。

おりきは目許《めもと》を指先で拭《ぬぐ》うと、皆を見廻した。

「お染がいなくなり、また、暫く人手不足となり、皆が忙しい思いをすることになるかと思いますが、心を一《いつ》にして励んでくれますね？」

「へい、解ってやす」

「けど、女将さん、次に人を雇い入れるときには、しっかと吟味《ぎんみ》して下さいよ！」

おなみがひょっくら返す。

「この藤四郎《とうしろう》が！　おまえはひと言多いんだよ！」

およねがめっと目で制す。

おなみは照れたように、へへっと肩を竦めた。

そうして、旅籠の帳場に戻ってみると、大番頭の達吉《たつきち》と板頭の巳之吉《みのきち》が待ち構えていた。

「大変《てえへん》でやしたね」

「ええ……。けれども、茶屋衆がわたくしの気持を解ってくれて、ほっと息を吐きました」

「お腹がお空きでやしょう？」

達吉が覗き込む。

そういえば、お染のことがあってからというもの、何も喉を通らず、空腹《からはら》であることすら忘れていた。

「そう言えば、少し空いたような気がします」

「でやしょう？　そう思い、巳之吉が女将さんのために夜食を用意してくれやしてね。巳之吉、お持ちしな！」

達吉に言われ、巳之吉が一旦板場に下がると、土鍋《どなべ》を運んで来た。

「あら、これは？」

随分《ずいぶん》と大ぶりな土鍋に、おりきが目を瞬《しばたた》く。

「魳《かます》ご飯でやす」

巳之吉はそう言うと、土鍋の蓋を取った。

「まあ、なんと色鮮《いろあざ》やかな……。魳にこんがりと焼き目がついて、美味《おい》しそうですこと！」

おりきは目を瞠《みは》った。

それもそのはず、焼き目のついた魳と刻《きざ》み大葉《おおば》が交互に列をなして並び、魳の上には梅肉《ばいにく》がちょいと添《そ》えてある。

巳之吉は器用な手つきで杓文字《しゃもじ》で全体を混ぜ合わせると、魳ご飯を茶椀《ちゃわん》に装《よそ》い、おりきの前に差し出した。

「さっ、上がってみて下せえ」

「けれども、おまえ、こんなに沢山……。そうだわ、達吉も巳之吉も一緒に食べましょうよ」

おりきがそう言うと、巳之吉はくすりと頬を弛めた。

「勿論、大番頭さんもあっしも、そのつもりでやすよ」

巳之吉は茶目っ気たっぷりに片目を瞑《つぶ》ると、もう一度板場に引き返し、膳に茶椀と香《こう》の物を載《の》せて戻って来た。

どうやら、端《はな》からそのつもりだったとみえる。

全員の茶椀に鮖ご飯が装われ、おりきが箸を取る。

鮖の片面を焼いてから出汁《だし》に浸《ひた》して煮付けてあるせいか、普通の炊き込みと違って芳《こう》ばしい。

大葉と梅肉、白胡麻《しろごま》の香りが混ざり、それは掛け値なしに美味しかった。

「よく、こんなに芳ばしさが出ましたこと!」

おりきがそう言うと、巳之吉はちょいとひと手間かけやしたからね、と笑みを浮かべた。

「ひと手間とは……」

「三枚におろした鰤の片面だけ焼いて、それを更に昆布《こんぶ》出汁と塩、醬油《しょうゆ》で煮て、その出汁で米を炊《た》きやす。取り出した鰤のほうは一口大に切り、もう一度、皮目のほうだけ火に焙《あぶ》りやす。それを炊き上がったご飯の上に戻してやり、大葉と梅肉、白胡麻をあしらってやる……。たったそれだけのことでやすが、鰤を二度焼くのがミソでしょうか……」

「そうだろうて……。おっ、巳之吉、美味《うめ》ェぜ！　おっ、どうしてェ、おめえも食えよ」

達吉に促《うなが》され、巳之吉も箸を取る。

そうして、ひと口鰤ご飯を口にすると、満足そうに目許を弛めた。

こんな巳之吉を見るのは初めてである。

というか、こんな形で巳之吉と一緒に食事を摂ったことがないように思う。

「へへっ、なんだかこうして見ていると、女将さんと巳之吉はまるで夫婦《めおと》のようじゃねえか！　女将さん、これからはこうして再々一緒に上がるといいですよ」

達吉は別にひょうらかしのつもりで言ったのではないのだろうが、おりきと巳之吉は顔を見合わせた。

巳之吉が照れ臭そうに目を伏せる。

「大番頭さんたら、からかうものではありませんよ！」

おりきは達吉をめっと睨んだ。

が、心の内では、どこかしら悪い気がしなかった。

お染のことがあり、遣《や》り切れない想いでいても、自分にはこうしてそっと手を差し伸べてくれる、達吉や巳之吉、そして、何より店衆の皆がついていてくれるのである。

それにしても、鮖ご飯の美味しいこと！

おりきは身体全体に力が漲《みなぎ》ってくるように思った。


「そうだったのかえ……。いえね、あちしも親分からその話を聞いて、鶏冠《とさか》に来ちまってさ！　いるんだよ、お染のような手合いがさ。虫も殺さないような仏性《ほとけしょう》の顔をして、ひと皮剝《む》けば夜叉《やしゃ》って女ごが……。まっ、お染の場合は御目見得泥棒《おめみえどろぼう》といっても、こそ泥に近いんだけどさ。ここんちみたいに店衆全員が信頼の中に成り立っていると、此度のことは報《こた》えただろうね……」

幾千代が眉根を寄せ、おりきを窺う。

「ええ……。正《まさ》な話、二代目女将となってから、此度のことは一番報えました。勿論、これまでも様々《さまざま》なことがありましたが、わたくしが一番の財産と思っている店衆の信頼関係が崩れそうになったことほど、心を痛めたことはありません。その責任はわたくしにあるのですからね……」

「おりきさんに責任？」

幾千代が解せないといった顔をする。

すると、達吉がさっと割って入ってきた。

「いえね、女将さんはお染を雇う際、あの女ごの本性を見抜けなかったことを悔やんでいなさるんでやすよ。俺に言わせりゃ、女将さんが見抜けなくても当然というのによ……。というのも、此度は甚助がお染を雇い入れることを決めたんだ。責任といえば、甚助にあるんだよ！」

「けど、請状《うけじょう》（身元保証書）を持ってたんだろ？」

「いや、それが……。おまきに辞められ、甚助も焦ってたんだろうて……。そんなとき、嫁ぎ先から久離されたが帰る場所がねえ、再び茶立女に戻りたいのだが、この際、以前から憧れていた立場茶屋おりきに入りてェ……、とお染に言われてみな？　お染が以前いた白河屋からも嫁ぎ先からも請状を貰うわけにはいかねえのは解っている……。なんせ、立場茶屋おりきと白河屋は商売敵《しょうべえがたき》なんだからよ。白河屋が快《こころよ》く請状を書くわけがねえ。とまあ、普通、そんなふうに考えるよな？　それで、甚助は白河屋にいたのならまず間違《まちげ》ェねえだろうと、その場で決めちまったというのよ。甚助が女将さんに報告したのは、既に雇い入れた後のこと……。女将さんにしてみれば、雇い入れる前ならいざ知らず、雇った後からお染のことを根から葉から調べるわけにはいかねえときた……」

「雇ってしまったからには、家族だからね。いかにも、おりきさんらしいや！　けどさ、それなら、おりきさんには責任はないってことになるじゃないか」

幾千代の言葉に、おりきが、いえっ、と首を振る。

「甚助のしたことは、わたくしがしたこと……。おまきに辞められ、甚助が焦った気持は解ります。本来ならば、おまきに縁談があった時点で、いなくなったときのことを考えて手を打っていなければならなかったのですもの……。今考えれば、わたくしの中に、それでもおまきは去って行かないのではなかろうかという、甘い考えがあったのも事実です。ですから、此度のことはわたくしの責任なのですよ」

「まったく、おまえって女《ひと》は……」

幾千代が呆れ返ったような顔をする。

「ところで、おまきといえば、位牌師《いはいし》の家に入って、その後、甘《うま》くやっているのかえ？」

おりきがふっと頬を弛める。

「先日、仲人嬶《なこうどかか》のおつやさんが見えたのですがね。おつやさんが言われるには、おまきもなんとか子供たちの信頼を得ることが出来たようで、胸を撫《な》で下ろされたそうですの」

「あの、なんとかという陳《ひね》びた娘《こ》にもかえ？　いや、これも親分からのまた聞きなんだけどさ、おまき、その娘《こ》に随分と手を焼いていたそうじゃないか」

「お京《きょう》ちゃんですか……。ええ、少しずつ心を開いているようですわ。わたくしね、これはときが解決してくれると思っていますの。おまきも決して焦らないと言っていますし、女ご同士ですもの、いつか解り合えるときが来ると信じています。それより、幾富士さんのほうはいかがですか？　お座敷に復帰されたとか……。あまり無理をなされなければよいのですがね」

幾富士の名が出た途端《とたん》、幾千代の頬につと翳《かげ》りが過《よ》ぎった。

「ああ、まっ、なんとかね……。まだ二つ三つしかお座敷の掛け持ちは出来ないが、それでも、お座付《ざつ》き（宴席で鳴り物を披露する）は熟《こな》しているし、此の中、立方《たちかた》（舞）

も務めるようになったんだけど、気のせいか、どこかしら浮かない顔をしていてさ……」

幾千代が肩息を吐く。

「浮かない顔とは……。何か思い当たることはないのですか？」

おりきが気遣《きづか》わしそうに幾千代を見る。

「ないこともないんだけどさ……。いえね、あたしに言わせれば莫迦莫迦《ばかばか》しい話なんだけどさ。幾富士と同時期にこの道に入った吉川の三弥がさ、先つ頃、日本橋呉服町の筆屋一麟堂の主人に落籍され、後添いに直されたんだよ。目出度い話なんだけど、ほら、幾富士はこれまで三弥と競い合ってきただろう？ それで、面白《おもしろ》くないんだろうさ……。まっ、幾富士の気持も解らなくもないけどさ……。三弥が大店の後添いに収まったというのに、自分は後添いにしてやるという又一郎の口車に乗せられ、転び紛《まが》いのことまでして、挙句《あげく》、赤児《やや》を孕《はら》まされたのだからね。しかも、子腫を患い、死ぬ思いで産んだ赤児《やや》を死なせてしまったんだからさ……。幾富士ね、姫が産んだ子猫を一匹、自分の猫として傍に置くと言ってたんだよ。子猫に赤児《やや》と同じ名前、芙蓉と名づけてさ……。自分は二度と子を望めないだろうから、子猫を我が娘と思って大切に育てるんだと言ってさ……」

幾千代の目にワッと涙が衝《つ》き上げる。

「………」

おりきは信じられないものでも見たような想いに、言葉を失った。

「あちしには幾富士の気持が手に取るように解るんだ……。あちしが姫に寄せる想いも同じだからね。あちしさァ、幾富士にはなんて莫迦なことを言うんだえって言ったんだが、腹の中では、いいよ、おまえがそうしたいのならそうすればいいさ、と思ってたんだよ。それなのに……、それなのに……」

堰を切ったように、幾千代の目から涙が零《こぼ》れ落ちる。

「幾千代さん……」

「姫が産んだ子ね、死んじまったんだよ……」

「死んだって……。でも、子猫は一匹ではないでしょう？」

幾千代が手で顔を覆《おお》い、激しく首を振る。

「それが一匹残らず……。一匹残らず、死んじまったんだよ！」

あっと、おりきは絶句した。

幾千代にとって、黒猫の姫は掛け替えのない存在なのである。

先代の姫が亡くなったときには、先代にそっくりな黒猫を貰ってきて、姫が生まれ変わって来てくれたのだ、と周囲《まわり》の者を煙《けむ》に巻いた幾千代……。

その姫の産んだ子が、一匹残らず死んだというのである。

幾千代は幾富士のためにというより、自分のために泣いているのであろう。

だが、どうしてそれを、天骨もない、とひと言で片づけられようか……。

恐らく、幾千代にも胸に抱えた様々な想いや焦り、不安があるのであろう。

気丈な幾千代だからこそ、それを言葉に出して言おうとしないが、それだけに、猫にことかけ涙を流すことも必要なのだ。

おりきの胸が熱くなる。

幾千代さん、堪えなくてよいのですよ。

お泣きなさい……。

無性《むしょう》に、おりきは幾千代を愛《いと》しく思った。

気づくと、おりきの頬にも涙が伝い落ちていた。

品の月

鉄平《てっぺい》は客席の掃除を済ませて板場に戻って来たこうめに、声をかけた。

「こうめ、飯がもう充分に蒸《む》れた頃だろうから、お櫃《ひつ》に移してくんな」

こうめは愛想《あいそ》のない顔をして、ちらと鉄平を横目に流し見た。

なんだよ、そのくらい自分ですればいいのに……。

そう胸の内で毒づいてみるが、鉄平は鯖《さば》を三枚におろしているし、おさわはおさわで煮染《にしめ》やお浸《ひた》しといった惣菜《そうざい》作りのまっただ中で手が離せない。

何しろ口切《くちきり》（開店）まであと四半刻《しはんとき》（三十分）もないのだから、猫の手も借りたいほどの忙しさなのである。

こうめは前垂《まえだ》れで手を拭《ぬぐ》うと、竈《へっつい》から羽釜《はがま》を下ろし、炊《た》きあがったばかりの白飯《しろめし》を杓文字《しゃもじ》で掻《か》き混ぜた。

湯気《ゆげ》と共に、炊きたての米の匂《にお》いが立ちのぼる。

が、羽釜の白飯をお櫃に移そうとしたそのときである。

ウッと黄水《おうすい》がこうめの喉《のど》に衝《つ》き上げた。

あっと、こうめは杓文字を放《ほう》り出すと、口を押さえて水口《みずぐち》の外に駆け出した。

「こうめ、おめえ……」

鉄平が狐《きつね》につままれたような顔をして、こうめの背を目で追う。

が、さすがは甲羅《こうら》を経《へ》たおさわである。

「鉄平、あとを頼んでいいかえ？」

おさわは仕こなし顔にそう言うと、こうめの後を追って水口から出て行った。

一体全体《いってえぜんてえ》、なんだっつゥのよ……。

鉄平には何がなんだか解《わか》らないが、おさわまで板場を抜けられたのでは、おてちん（お手上げ）である。

だが、ときは待ってはくれない。

鉄平は煮染の鍋《なべ》の蓋《ふた》を取ると、味の染《し》み具合を確かめて頷《うなず》き、鯖に塩を振った。

続いて、鯖を浸《ひた》す酢に昆布《こんぶ》を敷《し》くと、鯖のアラをぶつ切りにする。

アラは船場汁《せんばじる》にして、八文屋《はちもんや》の賄《まかな》いにするつもりだった。

一方、こうめを追いかけて水口から出て行ったおさわは、井戸端に屈《かが》み込んで衝き上げる黄水と闘《たたか》うこうめの背中を擦《さす》っていた。

「こうめちゃん、いつから月のものを見ていないんだえ？」

こうめが俯《うつむ》いたまま首を振る。

「えっ、判《わか》らないって？　そんなわけがないだろうに……。先月はあったのかえ？　えっ、ないって……、じゃ、その前は？」

こうめは首を傾《かし》げた。

「間違いないね、これは悪阻《つわり》だ。大方、三月《みつき》ってとこかな……。とにかく、取り上げ婆《ばあ》に診《み》てもらうことだね」

こうめはやっと幾らか楽になったとみえ、顔を上げた。

「おばちゃん、あたし、赤児《やや》が出来たんだろうか……」

「決まってるじゃないか！　出来て当然だもの……。おまえ、鉄平と所帯を持って、もう二年が経《た》つんだよ。寧《むし》ろ遅かったくらいさ。きっと、みずきちゃんが悦《よろこ》ぶだろうよ。ううん、みずきちゃんだけじゃない。親分が聞いたら小躍《こおど》りして悦ぶだろうさ……。となると、今宵《こよい》は祝膳《いわいぜん》だ！　けど、今日はもう魚河岸《うおがし》に行った後だし、鯛《たい》の尾《お》頭付《かしらつき》とはいかないが、まっ、なんとかなるだろう。現在《いま》ある食材であたしが祝膳を作ってみせるからさ！　さっ、中に入ろうか、鉄平が聞いたら悦ぶよ」

おさわがこうめの背にそっと手を廻《まわ》す。

こうめは辛《つら》そうに首を振った。

「あの男《ひと》、赤児《やや》が出来たことを悦ばないかもしれない……」

えっと、おさわは耳を疑った。

「なんでさ……」

「あの男《ひと》ね、日頃から子供はみずき一人でいいと口が酸《す》っぱくなるほど言ってたからさ……。みずきを自分の子だと思っているのに、そこにまた本当の子が出来てしまうと、分け隔《へだ》てをする気がなくてもそうならないとは限らないし、そんなことになったのでは、みずきが可哀相《かわいそう》だって、そう言うの」

「莫迦《ばか》も休み休み言いな！　鉄平はそんなに尻《けつ》の穴の小さい男じゃないはずだ。自分の子が出来たところで、みずきちゃんとの間に築いた絆《きずな》がそうそう揺《ゆ》らぐはずがない！　それにさァ、あたしや親分がついてるんだもの、分け隔てなんてさせやしないさ。だから、妙な気を起こすもんじゃないの！　解ったね？」

おさわはそう叱咤《しった》すると、こうめを抱《かか》えるようにして八文屋の水口へと入って行った。

「何やってんだよ！　二人して板場を抜けられたんじゃ困るじゃねえか。俺一人じゃ口切に間に合ヤしねえんだからよ」

鉄平が気を苛《いら》ったように鳴り立てる。

「ごめん、ごめん、悪かったね。いえね、ちょいとこうめちゃんの気分が優《すぐ》れなくてさ。けど、もう大丈夫だ。おや、煮染はもう出来上がったみたいだね。じゃ、大急ぎで味噌《みそ》汁《しる》を作らなきゃ……」

こうめには産婆《さんば》に診せ懐妊《かいにん》とはっきり判ってから鉄平に打ち明けるようにと言っておいたので、おさわは気取《けど》られないように言い繕《つくろ》うと、味噌汁の仕度《したく》にかかった。

「こうめの気分が優れねえって……。おっ、こうめ、大丈夫《でえじょうぶ》か？」

鉄平がこうめを気遣《きづか》わしそうに見る。

「うん、もう大丈夫だよ」

「無理すんな。俺とおばちゃんで見世《みせ》を廻すから、おめえは奥で休んでなよ」

「大丈夫だってば！　ただ、ご飯の匂いがさ……。あっ、お櫃に移してくれたんだね」

「おめえが放りっぱなしにしたんじゃ、俺がやるよりしょうがねえだろ？」

ふふっと、こうめが肩を竦《すく》める。

「こうめちゃんは優《やさ》しい亭主を持って幸せ者だね！」

おさわが味噌汁の具の大根《だいこん》と若布《わかめ》を鍋に入れながら、ひょっくら返す。

「解ってますよォだ！　だって、あたしが出来た女房なんだもの、亭主が優しくしてくれて当然じゃないか！」

こうめが鼻柱《はなばしら》に帆を引っかけたように言い返す。

やっと、いつものこうめに戻ったようである。

どうやら、こうめの悪阻も大したことはなさそうで、おさわはやれと息を吐《つ》いた。

「さあ、仕度が出来た。こうめちゃん、惣菜を見世に運んでおくれ」

「あいよ！」

こうめが惣菜の入った大鉢《おおばち》を抱え、見世に運んで行く。

今日のお菜《さい》は、煮染に蔓菜《つるな》のお浸し、空豆《そらまめ》の旨煮《うまに》、鹿尾菜《ひじき》と大豆《だいず》の煮物、鰯《いわし》の生姜《しょうが》煮《に》……。

これらを各々《おのおの》大鉢に入れ、注文があると取り皿に取り分けるのだが、それとは別に、焼物《やきもの》、揚物《あげもの》は注文が入ってから作ることになっていた。

そして、今日の目玉は、なんといっても鉄平特製の締《し》め鯖《さば》であろうか……。

活《い》きの良い鯖を三枚におろし、塩を振って暫《しばら》く置いて、昆布を敷いた酢に一刻《いっとき》（二時間）ほど漬《つ》け込む。

その際、鯖の上にも昆布を敷くのがミソで、こうすると昆布の旨味《うまみ》が存分に鯖に染み込み、まろやかな味になる。

この切り身を辛子《からし》醤油《じょうゆ》で食べるのだが、これがまた絶品で、亀蔵《かめぞう》親分の好物の一つであった。

「じゃ、暖簾《のれん》を出すからね。いいね？」

こうめが板場に声をかける。

「あいよ！」

鉄平が声を返し、腰高障子《こしだかしょうじ》が開けられた。

「どうしてェ、こうめ、今日は口切が遅《おせ》ェじゃねえか！」

「そうでェ、痺《しび》れを切らして、よっぽど余所《よそ》の見世に行こうかと思ったぜ」

左官の朋吉《ともきち》と仙次《せんじ》である。

「済まなかったね。おや、高田《たかだ》さまも……。皆さん、今日はお早いこと！」

こうめが取って置きの笑《え》みを頰《ほお》に貼《は》りつける。

「おっ、俺《おり》ャ、いつものな！」

朋吉が樽席《たるせき》にどかりと坐《すわ》ると、板場に向かって大声を上げる。

「あいよ！　朋さんは煮染に鯖焼、蜆汁《しじみじる》だよね」

おさわが板場から顔を出し、客に向かって、毎度どうも、と頭を下げる。

「まったく、朋吉の野郎は年百年中《ねんびやくねんじゆう》同じものしか食わねえんだからよ！　よく飽《あ》きねえもんだと呆《あき》れ返《けえ》っちまわァ……」

が、仙次にひょうらかされても、朋吉は泰然《たいぜん》としたものである。

「同じものを食って、そのどこが悪《わり》ィかよ！　おさわの煮染は天下一。これさえあれば、俺ャ、文句はねえんだからよ」

「けど、おめえ、おさわが小石川《こいしかわ》に行っちまってからは、こうめの作った煮染を食ってたじゃねえか！」

仙次に言われ、朋吉がムッとする。

「しょうがねえじゃねえか！　小石川までおさわを追っかけるわけにはいかねえんだからよ。それによ、おさわに仕込まれただけあって、こうめの作った煮染も食えねえわけじゃなかったからよ。が、こうして再びおさわが戻ってみると、やっぱ、こうめはおさわの足許《あしもと》にも及ばねえ……。味の違いがはっきりと判るからよ。なんというか、おさわの煮染には温かさがあるのよ。円《まる》みがあって、角《かど》がねえ……」

朋吉がうっとりとしたように目を細めると、こうめが飯台の上に湯呑《ゆのみ》をバシンと置く。

「あたしの作った煮染に角があって、悪うござんしたね！」

「ほれ、見ろ！　こうめを怒らせちまったじゃねえか。おっ、こうめ、俺ャ、煮染と鰯の生姜煮と味噌汁だ。今日の味噌汁の具はなんだい？」

仙次がこうめに訊《たず》ねる。

「大根に若布と油揚《あぶらあげ》だけど、それでいいかえ？　蜆汁も出来るけどさ」

「いや、俺ャ、大根と若布でいいや」

「高田さまはなんにします？」

こうめが奥の樽席に坐った、浪人の高田誠之介《せいのすけ》を振り返る。

「刺身《さしみ》を食いたいのだが、何が出来るかな？」

「へっ、刺身とは豪気《ごうき》なこった！　真っ昼間から一杯《いっぺえ》引っかけるとでもいうのかよ」

朋吉が茶々を入れる。

「いや、俺は刺身で飯を食うのが好きなのよ」

誠之介はけろりとした顔をして答えた。

「刺身ですか……。今日は小鰯《こいわし》がありますけど、あと半刻《はんとき》（一時間）ほど待って下されば、締め鯖が出来上がりますけど……」

誠之介の顔がパッと輝く。

「おっ、締め鯖か！　鉄平の締め鯖は絶品だからよ。じゃ、そいつで飯を食うことにして、まずは小鰯の刺身で一杯《いっぺえ》やるとしようか」

「なんでェ、結句、一杯《いっぺえ》引っかけるんじゃねえか！」

朋吉が物欲《ものほ》しそうに、頬をぷっと膨《ふく》らせる。

「今日はちょいとばかし思いがけねえ金が手に入ってよ。おっ、朋吉、仙次、おめえらも飲むか？　奢《おご》ってやるからよ」

朋吉と仙次は顔を見合わせると、口を揃《そろ》えて、馳走《ごち》になりやす！　と声を上げた。

おさわは取り皿に煮染を取り分けながら、くくっと肩を揺すった。

何故《なぜ》かしら、常連客がこうめの懐妊を祝ってくれているように思えたのである。


「こうめの奴、どこに行くと言ってやした？」

中食の片づけをしながら、鉄平がおさわを窺《うかが》う。

「買い物だってさ」

「買い物？」

「ほら、みずきちゃんの浴衣《ゆかた》を誂《あつら》えたいと言ってただろ？　現在《いま》、芝《しば》九丁目の呉服屋で浴衣地を安売りしてるんだよ」

おさわは咄嗟《とっさ》に口を衝いて出た万八《まんぱち》（嘘《うそ》）に、きやりとした。

万八を吐くにしても、もう少しましな万八があろうものを……。

が、根っからの正直者おさわには、ましな万八が思いつかない。

「みずきも七歳だもんな。常なら、今年が帯解《おびとき》か……」

鉄平が洗い物の手を止め、しみじみとした口調で言う。

「それなのに、親分ったらせっかちで、早々《はやばや》とみずきちゃんの帯解の祝いを去年のうちにやっちまったんだもんね。親分ね、どうやら今年も帯解の祝いをするつもりのようなんだよ。ほら、あの後、みずきちゃんが大火傷《おおやけど》をしちまっただろう？　親分は自分が帯解の祝いを前倒《まえだお》しにしたから罰《ばち》が当たったんだと自分を責めなすってね。それで、改めて今年の七五三にみずきちゃんの帯解の祝いをするんだってさ……。まっ、祝事《いわいごと》なんて何度やってもいいことだからさ」

おさわが肩を竦める。

鉄平の関心がみずきに移ってくれて、ほっとしたのである。

鉄平が新《あら》たに子を持つことを悦ばないのではなかろうかと言った、こうめの言葉が気にかかっていた。

そんな莫迦なと思う傍《かたわ》らで、根が小心者の鉄平なら、自分の気持に自信が持てないというのも頷ける。

だが、物事はなるようにしかならない。

こうめと鉄平との間に赤児《やや》が出来たのであれば、それが宿命《さだめ》……。

素直に、みずきに弟妹《きょうだい》の出来ることを悦んでやらなくてはならないだろう。

「けど、考えてみると、おばちゃんが小石川から戻って来てくれたのは、みずきが火傷をしたからなんだもんな。それを思うと、何が幸いするか判らねえ……。こうめの奴、おばちゃんが戻って来てくれてからというもの、すっかり性格が円くなり、おばちゃんの煮染の味じゃねえが角が取れたもんな。やっぱ、俺とこうめでは、おばちゃんの抜けた穴は埋められなかったんだ……。みずきも水を得た魚のように活《い》き活《い》きとしてよ。俺ャ、何が幸せかといって、あの二人の仲睦《なかむつ》まじそうな姿を見ることほど幸せなことはねえ……」

おさわは迷った。

やはり、鉄平にこうめが懐妊したかもしれないと、耳打ちしたほうがよいのではなかろうか……。

手放しで悦ぶと判っているのであれば、内緒にしていて驚かせるという手もあろうが、仮に、鉄平の中に子を持つことに躊躇《ためら》いがあるのであれば、いきなりこうめから告げられるより、前もって心の準備をさせておいたほうがよいかもしれない。

「鉄平……」

おさわが食器を拭《ふ》く手を止め、鉄平に目を据《す》える。

「……」

鉄平はおさわの改まった様子に、気を呑《の》まれたかのように鯱張《しゃちこば》った。

「実はさ、こうめちゃんの気分が優れないと言っただろ？　どうやら、悪阻らしいんだよ」

「悪阻って……」

「赤児《やや》が出来たかもしれないってことでさ。それで、現在《いま》、芝九丁目の取り上げ婆のところに行ってるのさ」

「赤児《やや》……。俺の、俺の子が生まれるかもしれねえと……」

鉄平の顔が強張《こわば》った。

「こうめちゃんから聞いたんだけど、おまえ、子はみずきちゃん一人でいいと言ったんだって？　こうめちゃんはそのことを気にしていて、おまえが悦ばないのじゃなかろうかと案じていたが、そんなことはないよね？　いえね、あたしだって、おまえの不安や迷いは解るよ。自分の子が出来たら、生《な》さぬ仲のみずきちゃんより自分の子のほうを可愛《かわい》いと思うのではなかろうかと、それを案じているんだろ？　けどさ、そう思うのはおまえだけじゃない。誰だって、わが子を可愛いと思うのは当然で、その心は誰にも責められない……。けどさ、おまえはみずきちゃんの父親《てておや》となって、もう二年にもなるんだよ。これまで日一日と絆を深めていき、現在《いま》では揺るぎないものとなっているはずだ……。だって、鉄平、言ってたじゃないか。みずきが大火傷をしたときには、生きた空もなかった、叶《かな》うものなら自分が代わってやりたいと思ったって……。あたしさァ、素庵《そあん》さまの診療所から八文屋に帰って来たとき、驚いちまったよ。なんと、あの寒空の下《もと》、おまえが井戸端で水垢離《みずごり》をしてたんだもんね……。その姿を見て、あたしは涙が止まらなかったよ。ああ、みずきちゃんはもうすっかり鉄平の娘になったんだなって……。自信を持つんだよ、鉄平！　赤児《やや》が生まれたところで、おまえのみずきちゃんにかける情は些《いささ》かも揺るぎはしないんだからさ。だから、こうめちゃんが帰って来たら、素直に悦んでやるんだね」

「………」

「いえね、本当は、こうめちゃんが自分の口からおまえに報告するまで、あたしは余計な口を挟《はさ》むつもりはなかったんだ……。けどさ、いきなり聞かされて、おまえがどんな反応を見せるのかと思うと気が気ではなくてさ。それで、前もって話しておいたほうがいいと思ったんだよ」

鉄平が顔を上げる。

「解りやした。俺もいきなりこうめから言われるより、前もって知っていたほうがよかった……。驚きのあまり、心にもねえことを口走ったんじゃ、こうめが可哀相だからよ。お陰で、俺も踏ん切りがついたぜ……。確かに、みずきがいれば他に子は要《い》らねえとこうめに言ったし、我が子と分け隔てなくみずきに接することが出来るかどうか自信がねえと言ったのも本当だ。けど、現在《いま》ならはっきりと言える。何があろうと、みずきは俺の子だと……」

鉄平がおさわを真っ直ぐに瞠《みつ》める。

「そうかえ……。その言葉が聞けて、あたしも嬉《うれ》しいよ。じゃ、早速《さっそく》、祝膳の仕度にかかろうかね！」

「祝膳？」

「そうさ。八文屋に二子《にし》が出来るんだもの、こんなに目出度《めでた》いことはないじゃないか！」

ああ……、と鉄平も頬を弛《ゆる》める。

どうやら、その表情から見て、鉄平の言葉に嘘はなさそうである。

「まず、赤飯《せきはん》を炊《た》かなきゃね。それからっと……。鉄平の締め鯖があるだろ？　そうだ、今宵は清水《きよみず》の舞台から飛び下りたつもりで、卵を奮発《ふんぱつ》しようじゃないか！　ほら、以前作った時雨卵《しぐれたまご》に、野煮卵《のにたまご》……」

「時雨卵は解るけど、野煮卵とは？」

鉄平が興味津々《きょうみしんしん》といった顔をする。

「白身魚《しろみざかな》といったら、今日は何がある？」

「味噌漬《みそづけ》にしようと思って、鰆《さわら》を仕入れてるけど……」

「じゃ、鰆にしよう。鰆の切り身を柳川風《やながわふう》に濃《こ》いめの出汁《だし》で煮て、それを卵でとじて三つ葉を散らすのさ。簡単だし、見た目も綺麗《きれい》なんで、きっと、みずきちゃんが悦ぶと思うからさ！」

「じゃ、早速、小豆《あずき》を水に浸しとかなくちゃ……」

鉄平がそう言ったときである。

水口の扉《とびら》が開いた。

どうやら、こうめが帰って来たようである。

おさわは鉄平に目まじした。

こうめが言い出すまで、何も知らない振りを徹《とお》せという意味である。

鉄平も解ったとばかりに目弾《めはじき》をする。

こうめは板場に入って来ると、手にした買物籠《かいものかご》を高々と掲《かか》げてみせた。

「ねっ、何を買って来たと思う？」

「何って……。おめえ、みずきの浴衣地を買いに行ったんじゃねえのか？」

鉄平が空惚《そらとぼ》ける。

「みずきの浴衣地？」

おさわとの打ち合わせが出来ていないこうめは、とほんとした顔をした。

おさわが慌てる。

「いえね、鉄平がどこに行ったのかと訊《き》くもんだから、口から出任《でまか》せでそう言ったんだよ」

こうめはなァんだという顔をして、肩を竦めた。

「成覚寺《じょうかくじ》の先の魚屋で小鯛《こだい》を見かけたもんだから、思い切って買って来たんだよ！ほら、見て、五匹も……」

「五匹？じゃ、うちの頭数《あたまかず》と同じだ。尾頭付とは、何か目出度《めでて》ェことでもあるのかよ」

なんと、鉄平がここまで役者だったとは……。

こうめが切り出しやすいように、さらりと水を向けたのである。

「それがさァ……」

こうめがおさわをちらと窺う。

おさわは頷いてみせた。

「おまえさん、あのね……。あたし、お腹《なか》に赤児《やや》が……」

ここは、鉄平が驚いてみせなければならないところである。

すると、なんと鉄平はぎくりと硬直してみせたではないか……。

なんともはや、千両役者《せんりようやくしや》ではないか！

「赤児《やや》って……。こうめが俺の子を？」

「そうだよ。赤ん坊が生まれるんだよ！　怒っていないよね？　赤児《やや》を産むことを許してくれるよね？」

こうめが縋《すが》るような目で、鉄平を瞠める。

「怒るわけがねえじゃねえか。みずきに弟か妹が出来るんだもの、こんなに嬉しいことはねえや！」

鉄平がこうめにおいでと手招きをする。

「良かったじゃないか、こうめちゃん！　ほら、だから言っただろう？　鉄平は尻の穴の小さい男じゃないって……。それで、いつ生まれるって？」

「現在《いま》、三月《みつき》なんだって……」

「するてェと、生まれるのは正月明け頃か……。こいつァ、ますます張り切って稼《かせ》がなきゃな！　なんせ、二人の子の親になるんだからよ」

鉄平が嬉しそうに言い、ちらとおさわを見る。

その目は、これでいいんだよね？　と悪戯《いたずら》っぽく笑っていた。

「えっ、今、なんと……」

おりきは茶を淹《い》れようとした手を止め、思わず耳を疑った。

亀蔵が照れたように、へへっと月代《さかやき》に手を当てる。

「俺も遂《つい》に二人の孫持ちとなるのよ。それがよ、夕《ゆん》べ帰《けえ》ってみると、赤飯だの鯛の尾頭付だのと大ご馳走《ちそう》が並んでるじゃねえか……。何事かと訊くと、こうめが子を孕《はら》んだ祝いだというもんだから、いやァ、驚いたのなんのって……」

亀蔵がでれりと目尻を下げる。

「まあ、それはお目出度うございます。さぞや、みずきちゃんが悦んだことでしょうね」

「悦んだのなんのって、やっと、うちにも赤ん坊が生まれると燥《はしや》いじまってよ。あいつ、あすなろ園で海人《かいと》や茜《あかね》を見ているもんだから、なんでうちには赤ん坊が生まれねェんだろうかと、不満たらたらだったからよ」

「あすなろ園に行けば友達がいるといっても、家に帰れば一人っきり……。こうめさんやおさわさんには八文屋の仕事がありますもの、そうそうみずきちゃんの相手をしていられませんものね。それで、いつ頃生まれますの？」

「産婆の話じゃ、正月明けだと……」

「すると、現在《いま》は三月《みつき》ってことかしら？　悪阻で悩まされなければよいのですがね」

「昨日、ゲロゲロ吐《は》いてたがよ。みずきのときもそうだったが、あいつ、お産は比較的楽なんだが、悪阻が酷《ひど》くてよ……。が、此度《こたび》もおさわが傍《そば》についていてくれるもんだから安心だ」

亀蔵がやれと肩息《かたいき》を吐く。

「本当にそうですよね。おさわさんが小石川から戻っていなければ、身重《みおも》の身体《からだ》で、こうめさん、八文屋の仕事とみずきちゃんの母親の二役は務《つと》まらなかったでしょうからね。さっ、お茶をどうぞ！」

長火鉢《ながひばち》の猫板《ねこいた》に湯呑を置くと、おりきは亀蔵に微笑《ほほえ》みかけた。

「まったく、おさわ様々でェ……。いや、これは後から聞いた話なんだが、鉄平の奴、みずきがいればてめえの子はもう要らねえと思っていたらしくてよ……。赤児《やや》が出来たと知れば鉄平がどんな反応をするかと、こうめはおっかなびっくりだったんだとよ。それをこうめから聞いたおさわが、前もって鉄平を諄々《じゅんじゅん》と諭《さと》したというのよ。自信を持て、おまえはもうみずきの立派な父親《てておや》ではないか、自分の子が出来たからといって、みずきを愛《いと》しく思う気持に変わりがあるはずがねえ、とそう諭したらしくてよ。鉄平もそれで気が楽になったとみえ、こうめから赤児《やや》が出来たと告げられても取り乱すことなく、悦んでやったそうでよ」

亀蔵がひと口茶を口に含み、にっと相好《そうごう》を崩《くず》す。

「美味《うめ》ェ！　これも山吹《やまぶき》かえ？」

「いえ、今日は喜撰《きせん》の新茶なのですよ」

「そうけえ。道理で美味ェはずだぜ。そりゃそうと、茶屋にもう茶立女《ちゃたておんな》を入れたのかよ」

「ええ。一人だけですがね。口入屋《くちいれや》には二人廻してほしいと頼んでいたのですが、お染《そめ》のことが品川宿《しながわしゆく》に知れ渡ったとみえ、口入屋も現在《いま》は慎重になっていましてね。よほど身許《みもと》が確かでないと斡旋《あつせん》しないそうですの」

「まあな……。そのくれェ慎重にして当然なのよ。なんせ、生き馬の目を抜くほどに世知辛《せちがれ》ェご時世だからよ。それで、雇《やと》い入れた一人ってェのは大丈夫《でえじようぶ》なんだろうな？」

亀蔵がおりきに目を据える。

「ええ、お真砂《まさ》というのですがね。歳《とし》は十七歳とまだ若いのですが、多摩《たま》の花売り喜《き》市《いち》さんの妹の娘ごで、身許は確かだし、笑顔の絶《た》えない大らかな性格が気に入りましてね。これまで客商売とは縁がなかったそうで一から教えなければなりませんが、まだ若いのですもの覚えも早いでしょうし、さして案じていませんのよ」

「ほう、あの喜市の姪《めい》かよ。なら、安心だ……。じゃ、口入屋に二人頼んだということは、もう一人要るってことなんだな？」

「ええ……。先ほど話しましたように、お真砂が茶立女の仕事を熟《こな》せるようになるにはまだ暫くかかりますので、出来れば、客商売に携《たずさ》わったことのある女《ひと》をと思っていますのよ」

「だったら、俺に紹介させてくれねえかな？」

「親分が紹介を？　ええ、それはもう、親分の紹介とあれば、大船に乗ったようなものですわ。それで、その方はこれまでどこで働いておられたのでしょう」

おりきがひと膝《ひざ》前に身を乗り出す。

亀蔵はウッと言葉に詰まった。

「いや、それがよ……。期待はずれで済まねえんだが、その女《おな》ごもこれまで客商売《きやくしようべえ》に携わったことがなくてよ。ただ、これまで女ごの細腕ひとつで、病《やまい》の姑《しゆうとめ》の世話をしながら針仕事をして生活《たつき》を支えてきたもんで、根性が据わっている……。理由《わけ》あって浪々《ろうろう》の身となったようだが、武家の女ご特有の芯《しん》の強さと品格を備《そな》えていてよ。そう、品川宿に現れたばかりの頃のおりきさんを彷彿《ほうふつ》とさせる、そんな女ごなのよ」

亀蔵が上目遣《うわめづか》いにおりきを窺う。

「お武家の出なのですか……。けれども、そのような方が何ゆえ茶立女に……」

おりきが訝《いぶか》しそうな顔をすると、亀蔵は慌てた。

「それがよ……。亭主というのは讃岐丸亀藩《さぬきまるがめはん》の勘定方《かんじようがた》にいたらしいのだが、何があったのか扶持《ふち》召《め》し放《はな》されとなり、仕官の口を求めて母親と女房を連れて江戸に出た……。とまあ、ここまではどこにでもある話なんだが、仕官の口といってもそうそうあるもんじゃねえよな？　藤木浩之進《ふじきこうのしん》というその男、山っ気《け》を出したのか手慰《てなぐさ》みに嵌《はま》っちまってよ……。いや、最初《はじめ》は身過ぎ世過ぎのために丁半場《ちようはんば》（賭場《とば》）の用心棒をやっていたのだが、そのうち、てめえまでが血道《ちみち》を上げるようになってよ。気づくと、借金塗《まみ》れで二進《にっち》も三進《さっち》もいかなくなっていた……。ところが窮鼠猫《きゅうそ》を噛《か》むとはこのことで、この男、返《けぇ》せねえと判断するや、寺主《てらし》（胴元）を斬《き》って姿を晦《くら》ましちまったのよ」

おりきの顔にさっと緊張の色が走った。

「借金を踏み倒したうえに、刃傷沙汰《にんじょうざた》を……。そんなことをしたのでは、ご新造さまやご母堂さまに被害が……」

「当然そうなるよな？　ところが、浩之進のお袋というのが権高《けんだか》な女ごで、息子の不始末を知るや、すぐさま、町年寄に息子の久離《きゅうり》（縁切り）を届け出た。つまりよ、藤木の家から勘当《かんどう》したということで、しかも、嫁の百世《ももよ》にも三行半《みくだりはん》を突きつけた……。浩こうすれば、百世は旧姓に戻り、お袋さんも百世も浩之進とは縁が切れるからよ。浩之進の罪の肩代わりをすることもなければ、賭場の取立からも免《まぬが》れる……。実は、知恵をつけたのはこの俺でよ。俺ャ、浩之進の一件があって以来、百世とお袋さんに関《かか》わってきたのよ」

「では、ご亭主のほうはそれっきりで？」

「ああ、生きているのか死んでいるのか、それすら判らねえ……。以来、百世は姑と二人で車町《くるまちょう》の裏店《うらだな》に身を潜《ひそ》めていてよ」

「車町……。では、八文屋の近くに?」

「ああ、何を隠そう、その裏店を世話したのも、この俺でよ。百世は人別帳《にんべつちょう》のうえでは藤木と縁が切れているが、それからも、姑を大切にしてよ。あのとき、気丈な姑が息子を久離する決断を下さなかったら、自分は流れの里に身を落としていたかもしれねえと解っているもんだから、姑に感謝しているんだろうて……。あれから三年、百世は実に姑によく尽くした。姑が病の床に就《つ》いてからは、それこそ夜の目も寝ずに針仕事をしてよ。外に出て働くことも考えたようだが、病人を残して家を空《あ》けるわけにはいかねえ……。ところが、その姑が十日前《めえ》に亡くなっちまってよ。百世はやっと姑から解放されたわけなんだが、一人っきりになると、行く宛《あて》もねえ……。身寄りが丸亀にいることはいるんだが、今さら帰《けえ》るわけにもいかねえもんでよ。それで俺が思うに、辛気臭《しんきくせ》ェ裏店にたった一人でいるよりも、百世をおめえに預けたほうがいいのじゃねえかと……。なっ、どうだろう、一度逢《あ》ってみてやってくれねえか? 百世の心《こころ》柄《がら》は俺が保証するからよ」

亀蔵が探《さぐ》るような目で、おりきを瞠める。

「それで、百世さんはお幾つですの?」

「二十八だと思うがよ……」

「解りました。お逢いしましょう」

おりきは快諾《かいだく》した。

亀蔵の話から推測するに、百世という女性は芯の強い女ごのようである。

並の女ごであれば、姑去《しゅうとざ》りされた時点で義母《はは》の前から去って行くだろう。

手慰みに嵌り、刃傷に及んだ息子を久離した母親も母親ならば、その義母《はは》を支え最《さい》期《ご》を看取《みと》った、百世も百世……。

おりきはそこに武家の女ごの魂を見たように思った。

何故かしら、懐《なつ》かしさを覚えたのである。

それにしても、亀蔵のこの入れ込みよう……。

ふっと、おりきはまだ見ぬ百世の面差《おもざ》しを頭に描《えが》いた。

そう、品川宿に現れたばかりの頃のおりきさんを彷彿とさせる、そんな女ごなのよ……。

亀蔵の言葉が甦《よみがえ》った。

とはいえ、おりきには品川宿に現れたばかりの頃の自分がどんな様子だったのか、現在《いま》ではもう思い出すことすら出来ない。

唯一《ゆいいつ》言えるのは、紛《まぎ》れもなく、おりきが絶望の淵《ふち》に追い込まれていたということ……。

先への望みもなく、行き場を失ったおりきは、両親の位牌《いはい》を胸にこの品川の海に身を投じようとしていたのである。

それを救ったのが、先代女将《おかみ》のおりき……。

現在《いま》でこそ、二代目女将としていっぱしなことを言っていても、立木《たちき》雪乃《ゆきの》と名乗っていた頃のおりきは、それほど心許《こころもと》なかったのである。

亀蔵はおりきの答えを聞き、やれ、と眉《まゆ》を開いた。

「そうけえ。逢えば、気に入るに違《ちげ》ェねえからよ。そうと決まったら、早速、百世に知らせてやらなきゃ……。おっ、済まねえ。その前《めえ》に、もう一杯《いっぺえ》茶をくんな！」

亀蔵は満足そうに、小鼻をぷくりと膨らませた。

百世はひっそりと木陰に咲く、野の百合《ゆり》を思わせた。

楚々《そそ》としていて、どこかしら寂《さみ》しげで、それでいて凛《りん》とした芯の強さを秘《ひ》めた美しさ……。

おりきは百世が誰かに似ているように思った。

そして次の瞬間、ああ……、と思い当たった。

つっと、壬生美波《みぶみなみ》の面差しが眼窩《がんか》を過《よ》ぎったのである。

目とか鼻といった顔の造りが似ているわけではないのだが、身体《からだ》全体に漂《ただよ》う雰囲気が似ているように思うのだった。

考えてみるに、美波は五年もの歳月《さいげつ》、弟平四郎《へいしろう》と共に仇討《あだうち》の旅を続けたのである。

故郷の丹波篠山《たんばささやま》を旅立ったのが、美波十七歳、平四郎十四歳のとき……。

二人にとっての五年は、十年にも十五年にも思えたのではなかろうか……。

結句、仇《かたき》を討てないままに平四郎がここ品川宿で病に倒れ、一人遺《のこ》された美波は平四郎の遺骨を胸に丹波篠山へと帰って行ったが、美波を支えたものは武家の矜持《きょうじ》以外の何ものでもないだろう。

「わたくし、先程から、平四郎の人生は一体何だったのだろうかと考えていました。少年から青年へと成長していく、人生において最《もっと》も多感《たかん》な青春のときを、親の仇を討《う》つことだけを目的に生きてきたのですからね。異性を恋《こ》うことも出来なければ、心《しん》から笑うことも叶いませんでした。わたくしたちにあるのは、焦燥感《しょうそうかん》と失望のみ……」

通夜《つや》の席で、美波は平四郎の屍《しかばね》を前にそう言った。

「この五年、平四郎の唯一の愉《たの》しみは、山道を歩きながら目にする、山野草や鳥の声、葉陰に隠れた蟲《むし》……。山道を歩いていますとね、小さな赤い斑点《はんてん》のある蟲が草の中から飛び立ち、ぴょん、ぴょんと、まるで人の先に立つかのように跳《は》ねては、ちょいと振り返り、また、ぴょんと跳ねる蟲がいるのをご存知でしょうか？　斑猫《はんみよう》……。別名、道をしへというのですが、なんだか、おいでおいでと旅人を導《みちび》いてくれるようで……」

そう言って、仇討の旅を斑猫に導かれての旅と称した美波……。

愛らしく、そのひょうきんな姿に思わず手を差し伸べたくなるが、なかなかどうして、素手《すで》で捕《つか》まえるのは至難《しなん》の業《わざ》の斑猫を、行けども行けども捜し出せない仇に譬《たと》えたのであろうが、思うに、美波は仇を討つことの虚《むな》しさをも知っていたのである。

それでも尚《なお》、虚しい旅を続けなければならなかったのは、武家としての矜持以外には考えられない。

おりきは百世に美波の持つ匂いと同じものを感じ取り、改めて、百世に目を据えた。

「亀蔵親分から大凡《おおよそ》のことは聞きました。お義母《かあ》さまが亡くなられ、お一人になられたそうですね。さぞや、ご愁傷《しゆうしよう》のことと存じます。それで、あとの始末はもう何もかもお済みになったのですか？」

「はい。幸い、義母《はは》を妙国寺《みようこくじ》に葬《ほうむ》ることが出来ました。何もかもを親分が取り仕切って下さいまして、本当に感謝しています。それで、この後も義母《はは》の墓に詣《まい》ってやりたく、叶うものならば傍近くにいたいと思いまして……」

成程《なるほど》、そういうことだったのか……。

おりきはやっと平仄《ひようそく》が合ったように思い、頷いてみせた。

「それはよい心懸《こころが》けですこと……。それを聞いて、わたくしも安堵《あんど》いたしました。けれども、一つ言っておかなければならないことがあります。親分の話では、これまで客商売をなさったことがないとか……。仕事そのものはさして難《むずか》しいものではありません。お客さまの注文を聞いて板場に通し、あとは注文された品を運ぶだけで、お品《しな》書《がき》を憶《おぼ》えるまでは少し戸惑《とまど》うでしょうが、すぐに慣《な》れるでしょう。それより、わたくしが懸念《けねん》していますのは、おまえさまが他の茶立女たちと円満にやっていけるかどうかということ……。と言いますのも、他の者は皆、気性《きしよう》の荒い女ごばかりです。言葉遣いも荒ければ、思ったことはなんでもポンポンと口に出してしまいます。と言っても、皆、心根《こころね》は優しいのですよ。わたくしどもでは、使用人を家族と思っています。仲間であり、兄妹《きようだい》なのですよ。そこさえ解ってもらえれば、うちはおまえさまにとって過ごしやすい我が家となるのですが、出来ますかしら？」

おりきがそう言うと、亀蔵が焦《じ》れったそうに割って入ってくる。

「出来るさ、出来るに決まってるじゃねえか！　他の茶立女と甘《うま》くやれるかといってもよ、勝ち栗《ぐり》が嚔《くしゃみ》したみてェなおなみという女ごが、ちょいとばかし憎体口《にくていぐち》を叩《たた》くかもしれねえが、あいつは口ほど腹は悪くねえからよ……。気にするこたァねえんだ。それに、俺が前もって睨《にら》みを利《き》かしておくからよ。安心しな」

「親分、止《よ》して下さいよ！　そんなことをしたのでは、却《かえ》って、百世さんが居辛《いづら》くなるではありませんか。ここに入ったからには、皆、平等……。今後は、わたくしも他の者と同じように、百世と呼び捨てにしますが、それで構いませんね？」

「はい」

「それで、どうなさいます？　うちは原則として、店衆《たなし》には茶屋の二階の使用人部屋で寝起きしてもらうことになっていますが、通いのほうがよいとお言いなら、それでも構いません。ただ、一日も早く他の店衆と親しくなるためにも、皆と寝食《しんしょく》を共にしたほうがよいと思いますが……」

おりきが百世を瞠める。

百世は狼狽《うろた》えたように、目を伏せた。

「おっ、そのことなんだがよ。百世はこれまで他人と一緒に暮らしたことがねえ……。

果たして甘くやっていけるのかと、百世もそのことを心配《しんぺえ》していてよ。それで思うんだが、見世の仕事に慣れるまで今暫く通いにして、追々、住み込みってわけにはいかねえだろうか……」

亀蔵が気を兼ねたように顔を上げた。

すると、百世が意を決したように言う。

「いえ、大丈夫です。わたくしも仲間に入れてもらいます。わたくしだけが特別扱いしてもらったのでは、いつまで経っても他の店衆と矩《のり》が縮《ちぢ》まりませんもの……」

おりきもほっと胸を撫《な》で下ろした。

「よくぞ言って下さいました。通いにするのは構わないのですが、高輪車町《たかなわくるまちょう》と門前町《もんぜんちょう》とではいかになんでも遠すぎます。茶立女の仕事は明け六ツ（午前六時）にはもう見世に出て、掃除や朝餉膳《あさげぜん》の仕度をしなければなりませんし、夜分は夜分で、山留《やまどめ》（店仕舞い）になってから後片づけをしたり夜食を摂《と》ったり、仕事から解放されるのは四ツ（午後十時）過ぎになりますからね。それから女ご一人で車町まで帰せませんもの……。かといって、今すぐは、この近くの裏店に移り住むのは不可能と思いますので、やはり、皆と一緒に使用人部屋を使ってもらうより他に方法がありませんね」

「そう言われればそうよのっ。せめて猟師町《りょうしまち》くれェならまだしも、車町からじゃな

「……」

どうやら、亀蔵もやっと納得したようである。

「そうと決まったからには、裏店を明け渡したり、細々としたものの処分をしなくちゃならねえ……。するてェと、茶屋に入《へえ》るのは六月からってことにしていいかな？」

「それがよいでしょう。それでは百世さん、頼みましたよ」

「いえ、百世と呼んで下さいませ」

「いえ、現在《いま》はまだ、百世さん……。けれども、六月からは、百世と呼び捨てにさせてもらいますわよ」

おりきが茶目っ気たっぷりに片目を瞑《つぶ》ってみせる。

亀蔵と百世が帳場を後にすると、入れ替わりに達吉《たつきち》と潤三《じゅんぞう》が入って来た。

「今のが、親分のおっしゃっていた……」

「ええ、百世さんですよ」

達吉が首を傾げる。

「何か？」

「いや、どこかで見たような気が……」

おりきがふわりとした笑みを返す。

「壬生美波さまに似ているとは思ったのではありませんか？」

「壬生美波……。違《ちげ》ェねえや！　いやァ、横から見た感じが気味悪《きみわり》ィほど似てやすよね？　そうか、あの女《ひと》に似ているのか……」

潤三には話の内容が見えていないとみえ、胡乱《うろん》な顔をしている。

「なに、おめえは知らねえ女ごだ、考えるこたァねえ……。考えたところで莫迦を見るだけだからよ」

達吉が木で鼻を括ったように言うと、改まったようにおりきを見た。

「確か、今宵は浜木綿《はまゆう》の間が空いてやしたよね？」

「ええ。けれども、それがどうかしましたか？」

「そこに、飛び入りで一組入れるってわけにはいきやせんかね？」

「飛び入りとは……」

「いえ、小田原《おだわら》の提灯屋《ちょうちんや》の内儀と供の者なんでやすがね。うちにとっては一見客《いちげんきやく》だが、潤三が言うには、ときたま堺屋《さかいや》に来ていた客だそうで……。なんでも、先方は堺屋が店仕舞《みせじめ》ェしたのを知らなかったみてェで、田澤屋《たざわや》の前《めえ》で途方《とほう》に暮れていたそうでやしてね。たまたまこいつが田澤屋の前《めえ》を通りかかったもんだから、やっと堺屋の番頭見習に出逢えたとばかりに、どうして堺屋が佃煮屋《つくだにや》に替わったのか、自分たちはすっかり当てにして小田原から出て来たのに……、と問い詰められたそうで……」

達吉の後を受け、潤三が説明する。

「小鉄屋《こてつや》という提灯屋なんでやすがね。堺屋の旦那とは古くからの馴染《なじみ》で、堺屋は旅籠《はたご》をやっていやせんでしたが、品川宿に来ると、奥の応接間に泊めてもらっていたとかで、此度もすっかり当てにして来たと言うんでやすよ……。そう言われて、俺も思い出しやした。堺屋は鑑札《かんさつ》がねえもんだから表立っては客を泊めることが出来ねえが、陰で時折客を泊めてたんですよ。番頭さんは商売《しょうべえ》でやってるんじゃねえ、旦那の知己《ちき》にだけ厚意《こうい》で泊まってもらっているんだと弁解してやしたが、俺、番頭さんが客から宿賃を受け取っているところを見たことがありやすからね……。小鉄屋もその中の一人で、いつも旦那と内儀のお二人で来られてやした。けど、此度は旦那でなく、内儀の供をしているのは、二十五、六歳の男衆《おとこし》……。一体《いってえ》、旦那はどうなさったのでやしょうね」

潤三が首を捻《ひね》る。

「旦那がどうしたかなんて、この際どうでもよいことでよ。それより、どうでやしょう、浜木綿の間が空いているのなら、うちにお泊めしては……。そりゃ、うちは紹介者のねえ客は泊めねえことになっていやす。けど、潤三が近江屋《おうみや》や他の白旅籠《しらはたご》を当たってみたらどうかと水を向けたところ、以前から立場茶屋《たてばぢゃや》おりきに一度泊まってみたいと思っていた、これまでは堺屋に遠慮があってそういうわけにもいかなかったが、堺屋がなくなったのであれば気を兼ねることはない、思い出作りのためにも是非《ぜひ》泊めてくれないか、とそう頭を下げたというんでやすがね。それを聞いて、あっしも心が揺らいだってわけで……。満室だというのなら断る口実もありやすが、いかがでしょう？」

達吉がおりきを瞠める。

「そうですね……」

おりきは暫《しば》し考えた。

一見客を取らないという決まりは、先代の女将が作ったものである。

立場茶屋おりきの旅籠は五部屋しかなく、従来の白旅籠と違って料理に重きを置き、客に充分な気扱《きあつかい》をするためにも、馴染客しか受け入れないことにしているのだった。

だが、達吉が言うように一部屋空いているのは事実だし、相手は堺屋栄太朗《えいたろう》の知己でもあり、潤三とも顔見知りなのである。

「解りました。では、大番頭さん、巳之吉《みのきち》に料理の追加が出来るかどうか訊ねてみて下さい。もう一組増えても障《さわ》りが出ないというのであれば、お泊めすることに吝《やぶさ》かではありません」

「では、早速、巳之吉に訊いてきやしょう」

達吉が板場へと出て行く。

潤三はほっと眉を開くと、飛蝗《ばった》のようにぺこぺこと頭を下げた。

恐らく、小鉄屋の内儀に頼み込まれたものの、一見客を取らないという決まりとの間で板挟《いたばさ》みになっていたのであろう、現在《いま》は心《しん》から安堵したような顔をしている。

「それで、お客さまはどこでお待ちなのですか？」

「へえ。茶屋のほうで待ってもらっていやす」

そこに、達吉が板場から戻って来た。

「おっ、潤三、安心しな！　巳之吉が了解してくれたからよ」

「有難《ありがと》うごぜえやす。じゃ、早速知らせて来やす」

潤三が嬉しそうな顔をして、帳場を出て行く。

達吉がおりきを見て、肩を竦める。

「やれ、一件落着かよ……。けど、恒例《こうれい》を破るのははらはらものでやすよね？　もう二度と、こんなことはしたくねえ……」

達吉が太息《ふといき》を吐く。

「けれども、此度はまったくの一見というわけではなく、ある意味、堺屋さんの紹介といってもよいのですからね」

「堺屋の旦那、死んでからもまだ指図《さしず》するつもりなんだからよ！　けど、驚きやしたよね？　まさか、堺屋が陰で客を泊めていたなんて……。道中奉行に知られたら、お叱《しか》りを受けるなんて生易《なまやさ》しいもんじゃなくて、廃業に追い込まれたかもしれねえというのによ」

達吉が渋面《じゆうめん》を作ってみせる。

本来、立場茶屋というのは旅人に湯茶《ゆちゃ》や一膳飯《いちぜんめし》、酒肴《しゆこう》を供する休憩所であり、宿泊を目的とするものではなかった。

天保十四年（一八四三）、立場茶屋と旅籠の区別がはっきりつけられてからは、取り締まりがことに厳しくなった。

が、どういうわけか、釜屋《かまや》と立場茶屋おりきだけが浪花講《なにわこう》の鑑札を持っていて、宿泊を許されたのである。

そのことが堺屋栄太朗にはよほど胸に据えかねたとみえ、堺屋は立場茶屋おりきを敵対視《てきたいし》するや、あの手この手と嫌《いや》がらせをしてきたのだった。

だが、その栄太朗も一年半前に亡くなってしまい、現在、堺屋の跡《あと》には、佃煮屋の田澤屋が入っている。

が、まさかこんな形で堺屋の瞞着《まんちゃく》が公《おおやけ》になるとは思ってもみなかったが、栄太朗はとにかく小鉄屋という新たなる客を送り込んできたのである。

「まっ、何も問題が起きなきゃ、うちはそれで構わねえ……。死んだ堺屋の旦那の紹介だろうが、上客なら新規の客が増えたってことで、極上上吉《ごくじょうじょうきち》ってなもんでェ！」

達吉がひょっくら返す。

「達吉、口が過ぎますよ！　とにかく、一旦お引き受けしたからには、心地良く逗《とう》留《りゅう》していただきましょう」

おりきは腹を決め、爽《さわ》やかな笑みを返した。

小鉄屋の内儀お浪《なみ》は四十路《よそじ》もつれであろうか、細面《ほそおもて》で、なかなかのすんがり華奢《きゃしゃ》

(ほっそりとした美人)であった。

おりきが客室の挨拶《あいさつ》に伺《うかが》うと、先付《さきづけ》の煮凝《にこご》りを食べ終えたばかりのお浪は、慌てて姿勢を正し、深々と頭を下げた。

「まあ、これは女将さん……。本日は予約も入れずに突然お伺いしましたのに、快《こころよ》く迎え入れていただき感謝しています。まさか堺屋の旦那さまが亡くなられて、見世を手放されたとは……。そんなことも知らずに出て参りましたので、これからどうしたものかと途方に暮れていましたところ、あの場で堺屋の番頭見習をされていた潤三さんに巡《めぐ》り逢えるとは……。本当に助かりました。お聞きしますと、なんでも現在《いま》はこちらさまでご厄介《やっかい》になっているとか……。あたくしね、以前から立場茶屋おりきに憧《あこが》れていましたの。それで一度は泊めていただきたく、連れ合いにも江戸に出る度にそうせがんでいたのですが、男《うち》の人は堺屋の旦那さまと昵懇《じっこん》にしていましたので、そんなことをしたのでは義理を欠くと、毎度、突っぱねられましてね……。ですから、此度、あそこで潤三さんにお逢いしたのは福徳《ふくとく》の百年目と思いましてね。こちらさまでは一見客を取られないと重々承知《じゅうじゅうしょうち》のうえで、そこをなんとかと厚かましくも潤三さんにお縋りしましたの……。断られても仕方がないところを快く受けて下さり、あたくし、なんと言ってよいのか……。本当に有難うございました」

「いえ、もう、頭をお上げ下さいませ。たまたまこの部屋が空いていて宜《よろ》しかったですわ。どうか、ごゆるりと滞在して下さいませ。それで、此度は旦那さまは？　いえ、潤三が申しますには、堺屋にはいつもご夫婦でお泊まりになっていたとか……」

おりきがそう言うと、お浪は挙措《きよそ》を失い、ちらと連れの男に目をやった。

「いえ、此度はあたくし一人で江戸の親戚《しんせき》を訪ねることになりまして……。当初は男《うち》の人も来るつもりでおりましたが、商《あきな》いのことで此度だけはどうしても見世を空けるわけにはいかず、それで、男《うち》の人の甥《おい》を供にあたくしだけが江戸に参ることになりましてね。紹介が遅くなりましたが、甥の年彦《としひこ》と申します。年彦、ご挨拶を……」

「小鉄屋寅吉《とらきち》の甥、年彦にございます」

お浪に促《うなが》され、年彦が辞儀をする。

涼《すず》やかな面差しをした、なかなかの雛男《ひなおとこ》である。

「立場茶屋おりきの女将、おりきにございます。此度はわたくしどもの宿にお越し下さいまして、まことに有難うございます。お聞き及びと思いますが、わたくしどもは料理旅籠ですので、本膳《ほんぜん》ではなく会席膳《かいせきぜん》となっていまして、お品書にありますように次々と料理を運ばせていただくことになります。どうぞ、板頭《いたがしら》の料理を存分に堪能《たんのう》して下さいませ」

「ええ、勿論《もちろん》ですわ！　それも、こちらに上がる愉しみの一つだったのですもの……。こちらの板頭がお作りになる料理は江戸一番、いえ、天下一だとか……。堺屋の内儀からそのように聞いていますのよ」

すると、栄太朗の女房お庸《よう》が……。

だが、栄太朗が生きていた頃には一度も立場茶屋おりきに来たことがないというのに、何ゆえまた……。

おりきが怪訝《けげん》な顔をすると、お浪がくくっと肩を揺すった。

「それがね、面白《おもしろ》いことがありましてね。いつだったか、あたくしどもの前で内儀が立場茶屋おりきのことをそんなふうに言われたことがありましてね。すると、堺屋の旦那さまがムキになって内儀を叱られたのですよ。立場茶屋おりきの料理を見たことも食ったこともないおまえに何が判る！　他人《ひと》が尾に尾をつけていい加減《かげん》なことを言っているのを真に受けてどうするのかと、それはまあ激怒なさいましてね。けれども、あたくしには旦那さまがムキになられればならられるほど、ああ、内儀がおっしゃっていることは本当のことなのだ、と思えましてね……。それにそればかりではありませんの。江戸でも、何度か立場茶屋おりきの料理は八百善《やおぜん》や平清《ひらせい》の上をいくと耳にしましてね。それでますます、目の黒いうちに、是非、ここに来てみたいと思うようになりましてね」

「そのように言っていただけるとは、有難いことにございます。それで、先付のお味はいかがでしたでしょう」

「車海老《くるまえび》と生雲丹《なまうに》、三つ葉の煮凝り……。それはもう、目でも舌でも愉しませてもらいましたわ！　涼しげで、口の中でとろりと寒天《かんてん》が溶《と》けたかと思うと、続いて、シコシコとした海老の歯応《はごた》えと雲丹の風味《ふうみ》合《あい》……。堪《たま》りませんでしたわ。ねっ、年彦さん、そう思いますよね？」

年彦が慌てて頷く。

お浪はお品書を手にした。

「次は八寸《はっすん》で、蛤《はまぐり》の生姜煮に鮭《さけ》の手鞠寿司《てまりずし》、鰻《う》ざくですのね。続いて向付《むこうづけ》……。向付というのが、刺身なのですよね？　鱧《はも》おとしと肝山椒焼梅肉添《きもさんしょやきばいにくぞ》え……。まあ、初夏らしくていいですこと！　そして、椀物《わんもの》が鱧とじゅんさい、万願寺唐辛子《まんがんじとうがらし》、もぐさ生姜の薄葛仕立《うすくずじた》てで、焼物《やきもの》が鮎《あゆ》……。続いて、炊き合わせが鮑《あわび》の柔《やわ》らか煮……。おやっ、揚物《あげもの》が鱧、川海老《かわえび》、青梅《あおうめ》の変わり揚げとなっていますが、これは？」

お浪がお品書から顔を上げ、おりきを瞠める。

「恐らく、鱧は蕎麦粉《そばこ》、川海老は素揚《すあ》げ、青梅には餅粉《もちこ》を塗《まぶ》して揚げたものかと思いますが……」

「まあ、そうなのですか……。続いて、留椀《とめわん》にご飯物が櫃まぶしとありますが、櫃まぶしって、通常、鰻《うなぎ》ですわよね？」

「鰻より幾らか淡泊《たんぱく》な味になるかと思いますが、これはこれで鱧の持つ旨味が愉しめますのよ。一膳目はそのままで、二膳目に加薬《かやく》を振りかけ、三膳目をお茶漬《ちゃづけ》で食べると、愉しみも三倍になるかと思います」

と、そこに、八寸と椀物が運ばれて来た。

まあ……、とお浪が目を瞠《みは》る。

八寸が大ぶりの焙烙《ほうろく》に盛られて出てきたのである。

焙烙に松葉を敷き詰め、その上に鮭の手鞠寿司と蛤の生姜煮、鰻ざくが……。

一つの焙烙に二人分が盛られているので、見た目も華《はな》やかである。

鰻ざくは江戸切子《えどきりこ》の小鉢《こばち》に盛られていた。

「これが世間で噂《うわさ》されている、板頭の粋《いき》な趣向《しゅこう》ですのね。ああ、来て良かった！　これでもう、思い残すことはない……。ねっ、年彦、おまえもそう思いませんこと？」

お浪が年彦を流し見る。

おやっと、おりきは年彦に目を据えた。

気のせいか、涙ぐんでいるように思えたのである。

が、お浪は取ってつけたように、明るい口調で言った。

「では、頂《いただ》こうではないですか！」

それでおりきは辞儀をして、一旦、下がってきたのだが、帳場に戻っても、何故かしら年彦の様子が気になってならなかった。

元々寡黙《かもく》なのであろうが、それにしても、口数の少ないこと……。

それに引き替え、お浪のほうは饒舌《じょうぜつ》すぎるほど口鉾《くちぼこ》なのである。

それに、伯母《おば》と甥にしても、あの取り合わせはどうだろう……。

亭主が仕事の都合で来られなくなり、代わりに供をするのは解るのであるが、亭主の甥ならば、お浪とは血が繋《つな》がっていないことになる。

その二人が部屋を共にするというのであるから、どう考えても解《げ》せなかった。

最初《はじめ》に、達吉は一部屋しか空いていないがと断りを入れたという。

が、お浪は相部屋で構わないと言い、この子は幼い頃から手塩《てしお》にかけて育てた子で我が子も同然、元服《げんぷく》するまでは抱いて寝てやっていましたのよ、とけろりとした顔で答えた。

「あっしは呆《け》れ返《え》って、ものも言えやせんでしたぜ。通常、元服するのは、十五、六歳……。その歳まで抱いて寝ていたってことになるんでやすからね。気色悪《きしょくわる》くて、思わず吐き気がしやしたぜ！」

達吉は虫酸《むしず》が走るような顔をして、帳場まで報告に来た。

「莫迦なことを……。それは、からかわれたのですよ。真に受けてどうするのですか。それくらい可愛がってきたと言いたかったのでしょう」

そのときは、おりきもそう答えたのであるが、実際にあの二人を前にしてみると、どこかしら違和感を覚える。

燥ぎすぎと思えるお浪に、妙にしんみりとした年彦……。

が、おりきは邪念《じゃねん》を払うようにして、茶屋へと向かった。

恐らく、今頃、茶屋は夕餉膳《ゆうげぜん》の怱忙《そうぼう》にひと区切りがついた頃だろう。

今のうちに、近々、百世が茶立女として加わるということを、茶屋番頭とおよねに知らせておきたかったのである。

案の定、大広間には四、五人の客が残っているだけで、茶立女たちは飯台の片づけに追われていた。

「ご苦労だね。甚助《じんすけ》、およね、ちょいといいかえ？」

おりきが声をかけると、二人が慌てて寄って来た。

「何か……」

「お真砂はどうですか？　よくやっていますか？」

「ええ、大分慣れたみたいですよ。明るくっていい娘《こ》ですね。客から何を言われても笑顔を絶やさないし、はい、はい、と返事が実にいい！　お真砂は掘り出しものでしたね」

　およねが大広間の真ん中で皿小鉢《さらこばち》を片づけるお真砂を振り返り、目を細める。

「そうですか。それを聞いてわたくしも安堵いたしました。それで、もう一人の茶立女なのですがね。口入屋に頼んでいたのですが、今日、亀蔵親分が百世という女《ひと》を連れて来て下さいましてね」

　甚助がひと膝前に詰める。

「親分が？　そいつァ心強《こころづえ》ェや……。親分の紹介なら、まず間違《まちげ》ェねえからよ。それで、幾つなんで？　その女ごは……」

「二十八だそうです」

「二十八？　じゃ、どこかで茶立女をしていたんでやすね」

「いえ、それが……。親分がおっしゃるには客商売は初めてだとか……。実は、以前はご浪人の妻女だったそうですの」

　おりきは亀蔵から聞いた話を二人に告げた。

　甚助が仕こなし顔に頷く。

「解りやした。元お武家と聞いて、正《まさ》な話、少しばかり躊躇《ちゅうちょ》しやしたが、親分がそこまで肩入れなさってるんじゃ断るわけにはいきやせんからね……。それに、茶立女の中に一人くれェ毛色《けいろ》の違った女ごがいてもいいかもしれねえし、気立てがよくて、労をいとわずに働いてくれれば、それに越したことはありやせんからね。おっ、およね、頼んだぜ！　何かと気を配ってやり、一日も早くその女ごが茶屋衆《ちゃやし》に溶《と》け込めるように計《はか》ってやるんだな」

甚助に言われ、およねが委《まか》せときなとばかりに胸をポンと叩いてみせる。

「合点承知之助《がてんしょうちのすけ》！」

「では、頼みましたよ」

おりきは再び旅籠の帳場へと戻って行った。

どうやら、百世のことは案じることはなさそうである。

喜市の姪のお真砂も、もうすっかり茶屋衆に溶け込んでいる様子に、おりきはほっと胸を撫で下ろした。

さて、あとは浜木綿の客のことだけだが、何故かしら咀嚼《そしゃく》しきれないこの想《おも》いは、一体なんなのであろうか……。

いやいや、取り越し苦労をしているだけなのかもしれない。

願わくば、取り越し苦労でありますように……。

おりきは胸の内でそう呟《つぶや》くと、帳場の中に入って行った。

そうして、最後のご飯物が運ばれ、そろそろお薄《うす》を点《た》てに客室を廻ろうかと思っているところに、女中頭のおうめが帳場に訪《おとな》いを入れてきた。

「宜しいですか？」

おうめが神妙《しんみよう》な顔をして帳場に入って来る。

「浜木綿の間のことなんですけど、なんだか妙なんですよ」

「妙とは……」

「それが、甘味《かんみ》を運んで行き、櫃まぶしのお重《じゆう》や汁椀《しるわん》を下げようとしたとき、突然、若い男がクックと肩を顫《ふる》わせてしゃくり上げたんですよ。内儀が慌てて、これ、みっともない！　と目で制されたのだけど、あたし、なんだか見てはならないものを見てしまったようで、慌てて次の間に下がり襖《ふすま》を閉めたんですよ。けど、なんとなく立ち去りがたくて、悪いと思ったんだけど、耳を欹《そばだ》てて中の気配を窺ったんですよ」

「まあ、おまえ、そのようなことを……」

「申し訳ありません。盗み聞きをするのは悪いことと解っていても、どうしても気になってならなかったものだから……。けど、女将さん、あの二人はどう考えても妙ですよ。これはあたしの勘《かん》なのですが、あの二人、駆け落ちをしたのじゃないでしょうか」

「駆け落ちといっても、あの二人は伯母と甥の関係で、歳も一廻り以上違うのですよ」

「それはそうなんだけど、それだって本当のことかどうか怪《あや》しいもんですよ。だってね、男のほうが泣きながら、あなたと一緒にいられるのは今宵一夜《こよいいちや》、だが、あたしに悔《く》いはない、最後にこんなによい思い出を作ってくれて感謝しているよ、と言ったんですよ。そしたら、女ごのほうが、莫迦だね、これからもおまえとはずっと一緒じゃないか、もう誰にもあたしたち二人を引き離せないんだからって……。ねっ、これをどう思います？　これが伯母と甥のする会話でしょうか……」

おうめが探るような目で、おりきを窺う。

おりきの胸がきやりと揺れた。

言われてみれば、おりきにも思い当たることがある。

「これが世間で噂されている、板頭の粋な趣向ですのね。ああ、来て良かった！　これでもう、思い残すことはない……。ねっ、年彦、おまえもそう思いませんこと？」

お浪がそう言ったとき、気のせいか、涙ぐんでいるように思えた年彦……。

そして、達吉は達吉で、元服する頃まで年彦を抱いて寝ていたというお浪の話を聞き、唖然《あぜん》としていたではないか……。

そこに、あなたと一緒にいられるのは今宵一夜、だが、あたしに悔いはない、最後にこんなによい思い出を作ってくれて感謝しているよ、と年彦の言葉が来て、莫迦だね、これからもおまえとはずっと一緒じゃないか、もう誰にもあたしたち二人を引き離せないんだから、とお浪の言葉……。

「おうめ！」

おりきがおうめを瞠め、おうめも頷く。

「ただの駆け落ちではありませんよ。もしかすると、あの二人、心中しようとしているのでは……」

「おまえもそう思うかえ？」

「ええ、間違いありません。女将さん、どうします？」

おうめが色を失い、縋るような目でおりきを見る。

「どうするといっても、まさか、こちらから二人は心中をするつもりなのかとは訊けませんものね。かといって、放っておくわけにもいきません」

「そうですよ。うちで相対死《あいたいじ》にでもされた日にゃ、目も当てられませんからね！」

おうめが甲張《かんば》った声を張り上げる。

「解りました。お薄を点てに上がった折、なんとかお二人の気持を聞き出せるように努《つと》めてみましょう」

おりきはそう言うと、客室に向かった。

磯千鳥《いそちどり》の間からお薄を点て始め、浜木綿の間は最後に廻すことにした。

ところが、次がいよいよ浜木綿の間というときである。

おうめが慌てて松風《まつかぜ》の間におりきを呼びに来た。

「大変です！　末吉《すえきち》が言うには、たった今、浜木綿の二人が表に出て行ったそうで……」

おうめは血相を変えている。

「二人が表に……。何故、止めなかったのですか！」

「だって、末吉は二人が死ぬ気でいることなんて知りませんからね……。それに、品川宿は月の名所だ、二十六夜《にいざよい》（七月二十六日）には少し早いが、ちょいと月を愛《め》でてくるよ、と二人に言われたら、下足番として提灯や履物《はきもの》の仕度をしてやるのは当然ですからね」

おうめは蕗味噌《ふきみそ》を嘗《な》めたような顔をした。

まさか、本当に月を愛でにいったと考えられないだろうか……。

おりきの脳裡《のうり》をちらとそんな想いが過ぎったが、とにかく部屋を確かめるのが先決……。

おりきは浜木綿の間へと急いだ。

すると、ひと足先に部屋に飛び込んだおうめが、あっ、と声を上げた。

「女将さん、見て下さいよ！　ああ、あの人たち、やっぱり死ぬつもりなんですよ。だって、ほら……」

おうめが小判を手にして、戻って来る。

「…………」

おりきも言葉を失った。

部屋には、振り分け荷物もなければ、菅笠《すげがさ》もない。

それなのに、蝶脚膳《ちょうあしぜん》の上に小判が一枚置いてあったのである。

ということは、宿賃にしてくれということなのだろうが、こんな夜更《よふ》けに旅立つとは考えられず、二人は間違いなく死ぬつもり……。

「おうめ、達吉をはじめ、手の空《す》いた男衆を集めて下さい。手分けして、二人を捜し出すのです！」

そう言うと、おりきも階下へと下りて行った。

客室の料理をすべて出した後とあり、知らせを聞いて巳之吉や市造《いちぞう》、連次《れんじ》、追廻《おいまわし》たちも出て来る。

「手分けして、浜辺を捜して下さい。皆は二人の顔を知らないだろうが、四十路もつれの女ごと二十五、六の男の二人連れです。この時刻、他にそんな組み合わせの男女が浜辺を彷徨《さまよ》うことは考えられませんので、それらしき男女を見かけたら、有無《うむ》を言わせず連れ帰ってくるのです」

おりきが男衆を見廻し、いいね、と目まじする。

男衆は提灯を手に、旅籠を飛び出して行った。

おりきも着物の褄《つま》を帯に端折《はしょ》ると、提灯を手にした。

「えっ、女将さんも行きなさるんで？」

達吉が慌てて駆け寄ってくる。

「他の泊まり客のことはおうめに頼みましたので、わたくしも捜しに参ります」

すると、気配を察したのか、巳之吉が引き返して来た。

「大番頭さん、大丈夫《でえじょうぶ》でやす。女将さんの傍にはあっしがついてるんで……」

「そうけえ。じゃ、巳之吉、頼んだぜ！」

そう言うと、達吉も駆け出して行く。

「巳之吉、これからわたくしと心中をしようと思うと、おまえならどこに行きますか？」

小走りに歩きながら、おりきが訊ねる。

「あっしと女将さんが心中？　女将さんが死んでくれとおっしゃるのなら、あっしは悦んでお供しやすがね。けど、どこに行くかと訊かれても……」

「そうですよね。いきなりそんなことを訊かれても困りますよね。けれども、今宵はこんなに月が綺麗です。このような月明かりの中で死を選ぶとすれば、水面《みなも》に漂う月影を追って海の中へ……。わたくしなら、そうするかもしれません」

巳之吉がつと脚《あし》を止め、おりきを睨みつける。

「てんごうを！　冗談にも、そんなことを言わねえで下せえ」

「ごめんよ、悪かったね……。わたくしがそんなことをするわけがないではありませんか。わたくしには護《まも》らなければならない家族が沢山いますもの……。家族を放って、自《みず》ら死を選ぶことなど出来ません。それに、わたくしには自ら死を選ぼうとした苦《にが》い思い出がありますからね。あのとき、先代が引き留《と》めて下さらなかったら、現在《いま》のわたくしはありませんでした。巳之吉にも逢えなかったでしょうし、素晴らしい家族にも巡り逢えなかった……。何より、生きることの悦びを知らないままにいたでしょう。何があろうとも、死んで花実《はなみ》がなるものか、生きていればこそ、良いこともあるのですものね」

おりきがそう言ったときである。

月明かりの中、波打ち際《ぎわ》で人影が動くのを目に捉《とら》えた。

「女将さん、いやしたぜ！」

巳之吉が波打ち際に駆けて行く。

おりきも懸命《けんめい》に後を追った。

が、二人は駆け寄る巳之吉に気づくと、慌てて海中へと脚を踏み出した。

「莫迦なことをするもんじゃねえ！」

巳之吉は大声を上げると、お浪の腕をぐいと摑《つか》んだ。

「放しとくれ！　死なせておくれ！」

「後生一生《ごしょういっしょう》のお願《ねげ》ェだ。あたしとお浪さんを引き離さねえでくれ……」

やっと、おりきも二人の傍に辿り着く。

「いいえ、死なせはしません！　死んだら、その時点で二人は離れ離れとなるのですよ。生きていればこそ、二人で共に歩む道も開けるのです」

「そうでェ！　何があったか知らねえが、この世に解決できねえものなんてねえんだよ。その努力もしねえで、四の五の言うんじゃねえや！」

お浪が蹲《うずくま》り、ワッと袂《たもと》で顔を覆《おお》う。

年彦がその背を庇《かば》うように両手で包《つつ》み込む。

「お泣きなさい。泣いて、胸に溜《た》まったものを吐き出してしまうのです。そうして、少し気持が収まったら、旅籠に戻って話を聞きましょうね」

おりきはお浪の耳許《みみもと》で囁《ささや》いた。

浜辺に散っていた男衆がおりきたちに気づき、駆け寄ってくる。

「ご苦労だったね。お陰さまで見つけることが出来ましたので、おまえたちは先に戻って下さいな」

達吉がやれといった顔をして、おりきに目弾をする。

「ようござんしたね。おっ、皆、帰《けえ》ろうぜ！」

達吉はそう言うと、男衆を追い立てるようにして、引き返して行った。

その背を見送りながら、年彦がぽつんと呟いた。

「あたしたちのために、皆がこうして捜していてくれたとは……」

「そうでェ……。おめえは一人で生きてるんじゃねえんだ。知らねえ者だろうが、こうして皆が支えようとしてるんだから、莫迦な考えは捨てるんだな。おっ、解ったら、帰《けえ》ろうぜ！　見なよ、内儀が寒くて顫えてるじゃねえか」

巳之吉が年彦の肩をポンと叩く。

おりきは屈み込むと、お浪をそっと抱え上げた。

お浪の目から、また涙がはらはらと零《こぼ》れ落ちる。

おりきはお浪を抱く腕に、そっと力を込めた。

「年彦はあたくしの夫の妹の子なのです。けれども、年彦が一歳の時に亭主に死なれ、妹が年彦を連れて実家《さと》に戻って来まして……。ところが、その翌年、今度は妹までが年彦を遺して亡くなってしまいましたの。年彦はまだ二歳と頑是《がんぜ》なく、それで、あたくしが母親代わりとなって育てることになったのですが、あたくしは終《つい》しか子宝に恵まれませんでしたので、年彦のことが我が腹を痛めたかのように愛《いと》しくて……。年彦は幼い頃より身体が弱かったものですから、同じ年頃の子と遊ぶこともなく、常にあたくしに纏《まと》わりついてきましてね。番頭さんにも話しましたが、元服するまで抱いて寝てやっていたというのは本当の話で、とにかく、あたくしが傍にいないと眠りに就かない子でしたの。けれども、さすがに元服してからは、そういうわけには参りません。夫からも年彦を溺愛《できあい》しすぎると叱られたこともあり、少しずつ矩を置くようにしていったのです。けれども……」

お浪は言い辛そうに、言葉を呑んだ。

すると、黙って聞いていた年彦がつと顔を上げた。

「あたしがこの女《ひと》を女ごとして見るようになってしまったのです。元服したときに本当の母ではないと打ち明けられましてね。あたしの胸はお浪さん恋しさにはち切れそうになりました。駄目だ駄目だ、血が繋がっていなくても、お浪さんは義母《はは》なんだからと我が心に言い聞かせても、苦しくて堪《たま》らなくなりました。ところが、お浪さんもあたしのそんな気持に気づいたのか、ますます矩を置こうとされましてね。けれども、あれはあたしが二十二歳になった頃のことです。あたしが風邪《かぜ》を拗《こじ》らせ高熱を出しまして……。元々病弱だったあたしを案じてか、この女が夜の目も寝ずに看病してくれましてね。あたしは天にも昇《のぼ》る心地でした。たまたま伯父《おじ》が尾張《おわり》に出掛けて留守だったこともあり、熱も下がり快方《かいほう》に向かっていたあたしが……」

年彦は消え入りそうな声で呟くと、俯いた。

そこから先は、聞かなくとも解っている。

男と女ごの関係が出来てしまったのであろう。

そして、一度理《ひとたびわり》ない仲になるや、あとは濡《ぬ》れた袖《そで》……。

最初《はじめ》の頃にはあった後ろめたさも次第に薄れ、遂には、危険をはらんだ逢瀬《おうせ》の魅力に嵌り、抜き差しならなくなる。

恐らく、お浪と年彦もいつしか鰯煮た鍋（離れがたい関係）に陥《おちい》ってしまったのであろう。

「いつかは二人の関係が夫に暴露《ばれ》ると覚悟していました。そのときは、死ぬとき……。年彦と話し合ったわけではありませんが、二人の間では、暗黙《あんもく》のうちに解り合っていました」

お浪が年彦を愛しそうに瞠める。

「この女《ひと》と引き離されるくらいなら、あたしは死を選びます。伯父はあたしたちが裏《うら》茶屋這入《ぢややばいり》をしているのを知り、激怒してあたしを出家させようとしました。あたしたちは不義密通《ふぎみつつう》をしたのですから、その場で斬り捨てるか奉行所に訴《うった》え出てもよかったのに、そうしなかったのは世間体《せけんてい》を考えてのことだと思います。あたしを仏門に入れた後もこの女《ひと》を傍に置き、じわじわと蛇《へび》の生殺《なまごろ》しがごとく、いたぶることのほうを選んだのですからね。けれども、あたしは仏門になど入りません。最期《さいご》まで、この女《ひと》と身も心も一緒にいることのほうを選んだのです」

「あたくしも蛇の生殺しにされるのは嫌です。いっそあのとき、年彦と一緒に斬り捨ててほしかった……。それなのに、夫は陰湿《いんしつ》な制裁《せいさい》を選んだのです。そのことを知った年彦が逃げようと言ってくれましてね。やっとの思いで小田原から抜け出すことが出来ました。けれども、どこに逃げても追っ手がかかるようで、生きた空もありませんでした。それで、品川宿に入る手前で、二人してこの海で死のうと決めましたの。思いがけずも永《なが》いこと憧れていた立場茶屋おりきに迎え入れてもらえたのも、死に行くあたしたちへの餞《はなむけ》……。これでもう、思い残すことなく二人して旅立てると思っていたのです。申し訳ありませんでした。皆さま方にこんなにも迷惑をかけることになろうとは……。宿賃だけ払えば済むと思っていたことを恥ずかしく思っています」

お浪が畳《たたみ》に頭を擦《す》りつけるようにして謝ると、年彦もそれに倣《なら》った。

「お二人とも頭をお上げ下さいませ。お話はよく解りました。不義密通、ましてや、義理の伯母《おば》、いえ、義母《はは》といってもよい方と不貞《ふてい》を働くのは許されることではありませんが、男と女ごの間で理屈では計れない感情が湧《わ》き起こったとしても、それが誰に責められましょうか……。感情が理性を超越《ちょうえつ》することはあり得《う》ることですからね。けれども、旦那さまも苦しいのだと思いますよ。お浪さまの不貞の相手が他人というのであればまだしも、ご自分の妹の息子、しかも、幼い頃より我が子のように育ててきた養子なのですからね……。先ほど、おまえさま方は旦那さまが世間体を考えて、斬り捨てたり訴え出たりしなかったとおっしゃいましたが、果たしてそうでしょうか？　わたくしには、この期《ご》に及んでも尚、旦那さまがお二人のことを大切に思っておられるのではないかと思えてなりません。だからこそ、年彦さまを仏門に入れ、お浪さまをこれから先も傍に置くと言われたのですよ。さぞや、苦渋《くじゆう》の決断だったと思います。それなのに、お二人が手に手を取り合いこの品川の海に身を投じれば、遺された旦那さまはどう思われるでしょう……。生涯、消そうにも消せない疵《きず》を心に抱いて生きていかなくてはならなくなるのですよ。死んで行くお二人はそれでよいかもしれません。けれども、遺された者はどうなるのでしょう……。わたくしね、現在《いま》でこそこんな生意気なことを言っていますが、自ら死のうとしたこともありますし、愛しい男《ひと》に他女ごと死なれたこともありますの。けれども、死のうとしたときの心の疵はときが癒《い》やしてくれましたが、遺されたときの心の疵は、現在《いま》もしっかと胸に残っています。

人は一人で生きているのではありません。自分のすることが他人《ひと》を疵つけ、叩きのめすことになりかねないということを、どうぞ解って下さいませ……」

おりきが二人の目をじっと瞠める。

「女将さんは夫があたしたちのことを思ってくれてるとお言いなのですか？」

お浪が信じられないといった顔をする。

おりきは微笑んだ。

「そう思うことです。もしかすると、今頃、旦那さまはお二人が逃げ延《の》びたことで安堵なさっているかもしれませんよ」

「…………」

「…………」

二人とも圧《お》し黙った。

「先ほど、いつ追っ手がかかるかと生きた空もなかったと言われましたが、これまでに、そのような場面でもありまして？」

「いえ……。ただ、無性《むしょう》に怖くて……」

「追っ手をかけるつもりなら、もうとっくに捕まっているはずですわ」

「そう言われれば、そうだよな……」

　年彦が首を傾げる。

「小鉄屋には血気逸《けつきはや》った男衆が何人もいます。伯父にその気があれば、神奈川《かながわ》あたりで捕まっていてもよいはず……」

　おりきはふわりとした笑みで、二人を包み込んだ。

「ほら、ごらんなさい。旦那さまはお二人を許して下さったのですよ」

　お浪と年彦が顔を見合わせる。

「では、死ぬ必要はないと？」

「あたしはまだこの女《ひと》と一緒にいられるんだね？」

「そうですよ。ほら、生きていると良いこともありますでしょう？　それで、これから先、お二人はどうなさいます？」

「取り敢《あ》えず、江戸に出ます。幸い、当面立行《たちいき》していくだけの金子《きんす》を持っていますし、どこかに適当な裏店を見つけ、手内職でも始めます」

「あたしを忘れてもらっては困るよ。歳下《としした》であろうと、今後はこの女《ひと》の亭主……。これからはなんでもして働き、この女《ひと》に金の苦労はさせません！」

　年彦はきっぱりと言い切った。

　おりきの胸を、じわじわと熱いものが包み込んでいく。

幸せになってほしい……。

たとえそれが人の道に外《はず》れたものであろうと、なるべくして二人はこうなったのであるから、これも宿命《さだめ》……。

少なくとも、自ら生命《いのち》を絶つようなことをして宿命に逆らうより、心許ないままに一歩ずつ前へと歩んでいくほうがよいに決まっている。

ああ、先代の女将はそれを自分に教えて下さったのだ……。

胸の奥に溜まった熱いものが、つんと眼窩《がんか》に向けて衝き上げてくる。

「お休みになる前なので、熱い焙《ほう》じ茶をお持ちしましょうね」

おりきは涙を呑み込むと、立ち上がった。

翌日、お浪と年彦は江戸に向けて出立《しゅったつ》して行った。

「やれ、昨日はきりきり舞《め》ェをしちまったぜ！」

達吉がお浪たちの後ろ姿が小さくなるのを待ち、ぽつりと呟く。

「済んません……。俺が無理を言って一見客をねじ込んだばかりに……」

潤三が気を兼ねたように肩を竦める。

「なに、おめえのせいじゃねえ。それによ、うちに泊まらなかったら、あの二人、今頃は品川の海に沈んでいたかもしれねえんだぜ。なんせ、あの二人に生きる勇気を与えたのは、女将さんなんだからよ」

「するてェと、あの二人は神仏に導かれてここに来たのかもしれねえな。てこたァ、あっ、俺が余計な差出《さしで》をしたからってことか！」

「てめえ、この野郎、調子に乗りやがって！」

達吉が潤三の月代をぽいと叩《はた》く。

「二人とも、お止しなさい！　さっ、早く中に入りましょう」

おりきが達吉たちを促すと、中庭へと入って行く。

「女将さん、今朝は女将さんの好きそうな花が沢山入《へえ》ってやすぜ！」

多摩の花売り喜市が、井戸端から声をかけてきた。

「ほれ！」

喜市が髭籠《ひげかご》の中を覗《のぞ》けと指差す。

おりきはどれどれと寄って行き、思わず、まあ……、と感嘆の声を上げた。

山法師《やまぼうし》に蔓手毬《つるでまり》、梅花空木《ばいかうつぎ》……。

それに、山百合《やまゆり》、姫娑羅《ひめしやら》、おや、手桶《ておけ》の中には未草《ひつじぐさ》が……。

喜市はにっと笑うと、後ろ手に隠した片手をぐいと前に突き出した。

「白い花ばかりじゃ華がねえと思って、ほれ、深山苧環《みやまおだまき》を持って来やしたぜ！」

「まあ、これは……」

青紫の花を下向きにつけた深山苧環……。

おりきの好きな花の一つだった。

「この次に来るときには、擬宝珠《ぎぼうし》や蓼《たで》を持って来られると思うが、白い花となったら、夏場は少なくてよ……」

「無理をなさらなくてもよいのですよ。手に入るものだけで満足ですから……」

「それはそうと、お真砂はどうですろ？　ちったァ使い物になっとりやすかな？」

喜市が怖々《こわごわ》と上目に窺う。

「ええ、それはよく働いてくれますのよ。およねがお真砂は掘り出しものだったと手放しで悦んでいますからね。喜市さん、よい姪ごを持って幸せですこと」

喜市の顔がパッと輝いた。

「そうでやすか、そいつァ良かった！　いや、お真砂のお袋が心配してやしてね……。他の茶屋衆に迷惑をかけてるんじゃなかろうか、兄さァ、立場茶屋おりきに行ったらあたしの代わりに謝ってきてくれと、やいのやいのと言うもんでやしてね」

「迷惑どころか、明るい笑顔が皆の心を和《なご》ませてくれていますのよ。屈託《くったく》なくってのびのびとしていて、さすがは喜市さんの姪ごさんだと、皆して褒《ほ》めていたのですよ」

すると、喜市が慌てて手を振った。

「そりゃ駄目だ！　褒めすぎるとつけ上がっちまう……。あいつ、今は猫を被《かぶ》ってるんだろうが、そのうち化《ば》けの皮が剝《は》がれちまう。そんときは構わねえから、うんと叱ってやって下せえ！」

そうは言いながらも、喜市の顔はでれりと脂下《やにさ》がっている。

おりきは喜市を見送ると、客室に飾る花を手に帳場に戻った。

すると、中で待っていた達吉が訝しそうな顔をして、紙切れを手渡した。

「客室の掃除に上がったおうめが、こんなものを拾って来やしてね」

おりきが二つ折りにした紙切れを開く。

「我が想い　映《うつ》し出すかな　品の月
　有難うございました」

ああ……、とおりきの胸が熱くなった。

「これはどこにあったのですか？」

「鏡台《きょうだい》の上に置いてあったそうで……。おうめはお浪さんが置き忘れていったのかと思ったそうでやすが、有難うという言葉に、これはあの女《ひと》が女将さんに宛てたものだと思ったそうで……。で、一体《いってえ》、どういう意味なので？」

達吉が首を傾げる。

お浪は昨夜海面《うなも》に映った月に、自分の心を重ねたのであろう。

海面に映った月影を掴もうと手を伸ばしても、決して掴むことは出来ない。

猿猴《えんこう》が月になぞらえ、不相応《ふそうおう》な望みをかけてもやりくじってしまう、とお浪は自分と年彦のことを詠《よ》んだのであろうが、やりくじるかどうかは誰にも判らないことである。

やりくじってもよいのですよ、お浪さま……。

水の中に落ちれば、もう一度這《は》い上がればよいのですもの……。

「きっと、あの二人は幸せになりますわよ！　ねっ、達吉もそう思いませんこと？」

おりきが質問とは別の答えを返すと、達吉はわけが解らず、とほんとした顔をした。

本書は、時代小説文庫（ハルキ文庫）の書き下ろし作品です。

時代小説文庫
い6-22

品《しな》の月《つき》 立場茶屋《たてばぢゃや》おりき

著者 今井絵美子《いまいえみこ》

2013年3月18日第一刷発行

発行者 角川春樹

発行所 株式会社 角川春樹事務所
〒102-0074 東京都千代田区九段南2-1-30 イタリア文化会館

電話 03(3263)5247[編集] 03(3263)5881[営業]

印刷・製本 中央精版印刷株式会社

フォーマット・デザイン＆シンボルマーク 芦澤泰偉

ISBN978-4-7584-3721-9 C0193
http://www.kadokawaharuki.co.jp/[営業]
fanmail@kadokawaharuki.co.jp[編集] ご意見・ご感想をお寄せください。

時代小説文庫

今井絵美子

母子燕《おやこつばめ》 出入師夢之丞覚書

書き下ろし

半井夢之丞は、深川の裏店で、ひたすらお家再興を願う母親とふたり暮らしをしている。亡き父が賄を受けた咎で藩を追われたのだ。鴨下道場で師範代を務める夢之丞には〝出入師〟という裏稼業があった。喧嘩や争い事を仲裁し、報酬を得ているのだ。そんなある日、呉服商の内儀から、昔の恋文をとり戻して欲しいという依頼を受けるが……。男と女のすれ違う切ない恋情を描く「昔の男」他全五篇を収録した連作時代小説の傑作。シリーズ、第一弾。

今井絵美子

星の契 出入師夢之丞覚書

書き下ろし

七夕の日、裏店の住人総出で井戸浚いをしているところに、伊勢崎町の熊伍親分がやって来た。夢之丞に、知恵を拝借したいという。二年前に行方不明になった商家の娘・真琴が、溺死体で見つかったのだが、咽喉の皮一枚残して、首が斬られていたのだ。一方、今度は水茶屋の茶汲女が消えた。二つの事件は、つながっているのか?(「星の契」)。親子、男女の愛情と市井に生きる人々の人情を、細やかに粋に描き切る連作シリーズ、第二弾。

時代小説文庫

今井絵美子
鷺の墓
書き下ろし

藩主の腹違いの弟・松之助警護の任についた保坂市之進は、周囲の見せる困惑と好奇の色に苛立っていた。保坂家にまつわる因縁めいた何かを感じた市之進だったが……(「鷺の墓」)。瀬戸内の一藩を舞台に繰り広げられる人間模様を描き上げる連作時代小説。「一編ずつ丹精を凝らした花のような作品は、香り高いリリシズムに溢れ、登場人物の日常の言動が、哲学的なリアリティとなって心の重要な要素のように読者の胸に嵌め込まれてくる」と森村誠一氏絶賛の書き下ろし時代小説、ここに誕生!

今井絵美子
雀のお宿
書き下ろし

山の侘び寺で穏やかな生活を送っている白雀尼にはかつて、真島隼人という慕い人がいた。が、隼人の二年余りの江戸遊学が二人の運命を狂わせる……。心に秘やかな思いを抱えて生きる女性の意地と優しさ、人生の深淵を描く表題作ほか、武家社会に生きる人間のやるせなさ、愛しさが静かに強く胸を打つ全五篇。前作『鷺の墓』で「時代小説の超新星の登場」であると森村誠一氏に絶賛された著者による傑作時代小説シリーズ、第二弾。(解説・結城信孝)

時代小説文庫

美作の風

今井絵美子

津山藩士の生瀬圭吾は、家格をおとしてまでも一緒になった妻・美音と母親の三人で、つつましくも平穏な暮らしを送っていた。しかしそんなある日、城代家老から、年貢収納の貫徹を補佐するように言われる。不作に加えて年貢加増で百姓の不満が高まる懸念があったのだ。山中一揆の渦に巻き込まれた圭吾は、さまざまな苦難に立ち向かいながら、人間の誇りと愛する者を守るために闘うが……。市井に生きる人々の祈りと夢を描き切る、感涙の傑作時代小説。

（解説・細谷正充）

蘇鉄の女《ひと》

今井絵美子

化政文化華やかりし頃、瀬戸内の湊町・尾道で、花鳥風月を生涯描き続けた平田玉《ぎょく》蘊《うん》。楚々とした美人で、一見儚げに見えながら、実は芯の強い蘇鉄のような女性。頼山陽と運命的に出会い、お互いに惹かれ合うが、添い遂げることは出来なかった……。激しい情熱を内に秘め、決して挫けることなく毅然と、自らの道を追い求めた玉蘊を、丹念にかつ鮮烈に描いた、気鋭の時代小説作家によるデビュー作、待望の文庫化。